AF216174

1

Lars Thomsen wurde 1975 in Neumünster geboren und wuchs im beschaulichen Bad Bramstedt auf. Nachdem er sich 40 Jahre lang streng allen künstlerischen Bestrebungen verweigert hatte, kam er durch Zufall zur Literatur. Neben seiner neuen Tätigkeit als Buchautor ist er seit 19 Jahren hauptberuflich Buchhalter. „Flucht nach Sarajevo" ist nach „Nächster Halt: Irrenanstalt" sein zweites Werk.

www.lars-thomsen.net

Lars Thomsen

Flucht nach Sarajevo

Roman

1. Auflage Dezember 2018

Autor und Herausgeber: Lars Thomsen
Sommerland 22, 24576 Bad Bramstedt
www.lars-thomsen.net E-Mail: lars.angeles@web.de

Umschlaggestaltung, Illustration: Björn Nass, Lars Thomsen
Lektorat, Korrektorat: Heidi Goch-Lange
Fotos: Annemarie Zufall
Unterstützt durch www.buch-wunder-werk.de

Bibliografische Information der Deutschen Nationalbibliothek:
Die Deutsche Nationalbibliothek verzeichnet diese Publikation
in der Deutschen Nationalbibliografie; detaillierte bibliografische Daten sind im Internet über http://dnb.dnb.de abrufbar.

Herstellung und Verlag: BoD – Books on Demand, Norderstedt

ISBN: 9783 7481 38655

1.

Mit müden Augen schaut Benno über die Stadt. Schwerfällig und kraftlos hat er sich auf das Dach des Hochhauses gequält und nun wandert sein Blick ein wohl letztes Mal auf die Alster, an dessen Ufer sich an diesem schwül warmen Abend im August sämtliche Großstadtbewohner amüsieren. Benno hat keinen Bock mehr. Er schaut nach unten, wo ihn der blanke Asphalt erwartet, wenn er denn spränge. Seit zehn Minuten steht er nun hier und grübelt, ob er seinem Leben nun ein Ende setzten soll. Vielleicht wäre er schon längst gesprungen, wenn sich dort unten mal wenigstens jemand zeigen würde. So ganz anonym, ohne dass irgendjemand etwas mitbekommt, möchte Benno nun wirklich nicht zu seinen Ahnen abtreten.

„Vielleicht hätte ich mir doch lieber einen anderen Tag zum Sterben aussuchen sollen", geistert es Benno durch den Kopf. Er weicht einen kleinen Schritt vom Abgrund des Hochhauses zurück, da allmählich seine Waden verkrampfen. Das lange Stehen an der Kante hat seinen Beinen zugesetzt. Außerdem möchte er noch einmal mit sich ins Gericht gehen. Fast kommt es ihm vor wie im Büro, wo er Kosten und Nutzen abwägen muss. Ist dies wirklich eine gute Idee? Doch er findet keine erhellenden Argumente, die sein Leben verlängern können.

„Typisch. Nicht mal bei meinem Ableben erreiche ich Aufmerksamkeit", denkt er und geht wieder einen halben Meter an den Abgrund. Unten, auf der ansonsten viel befahrenen Straße, sind nur noch einige wenige Fahrzeuge unterwegs. Laut seinen internen Berechnungen liegt er jetzt bei etwa 75 Prozent, sich tatsächlich in den Tod zu stürzen.

Was wohl die lieben Kollegen dazu sagen, wenn er morgen auf der ersten Seite der größten Boulevard-Zeitung erscheint. Oder das, was von ihm noch übriggeblieben ist.

Der Barmbeker Benno K. stürzte sich gestern Abend gegen 19.30 Uhr vom Hochhaus Dormannsweg in den Tod. Er hinterlässt ...

Ja, genau. Was hinterlasse ich eigentlich, fragt sich Benno. Eine Frau? Oder Kinder? Vermögen? Nicht mal Schulden habe ich, denkt er. Ich habe wirklich gar nichts. Auf der einen Seite ja ideal, wenn ich damit niemanden weh tue. Wenn ich nichts hinterlasse. Aber möchte ich nicht wenigstens irgendetwas hinterlassen? Wird mir eigentlich irgendwer eine Träne nachweinen?

Von dem vielen Nachdenken wird Benno schwindelig. Erneut verkrampfen sich seine Waden schlagartig und er fängt an zu taumeln. Er beginnt leichte unverständliche Laute auszustoßen, rudert wild mit den Armen umher und schafft es in letzter Sekunde, sich nach hinten auf das mit Teerpappe versehene Dach abzurollen.

„Puh, das war knapp", ächzt es aus ihm heraus. Benno ist irritiert. Wieso hat er sich überhaupt gegen den Sturz in den Abgrund gewehrt? Er hat hier doch ganz andere Pläne. Er rappelt sich wieder hoch und will erneut Richtung Kante gehen. Da klingelt sein Mobiltelefon.

Sag mal, wie blöd bist du eigentlich, Benno Klotz? Du willst Selbstmord begehen und nimmst dein Handy mit? Wenigstens auf lautlos hättest du es doch stellen können, schimpft er mit sich.

Benno wird immer konfuser. Er beschließt, das Gespräch anzunehmen. Danach kann er sich immer noch in den Tod stürzen. Wird ja eh nichts Wichtiges sein.

Wann wird er schon einmal auf seinem Handy angerufen? Die Nummer haben ja nur 20 Leute. Davon fünfzehn aus der Fußballmannschaft, die ihn sowieso nicht anrufen, Mutti und Vati, die Sekretärin aus dem Büro und seine beiden Skatbrüder.

Es ist dann tatsächlich *Spargel*, ein Skatkumpel, der Benno kurzfristig von seinem Plan abbringt.

„Mann, Spargel. Was gibt es denn?", raunzt Benno in sein Handy und klingt dabei, als ob er gerade beim Sex gestört worden wäre.

„Alter, wo bleibst du denn? Wir warten hier auf dich!", antwortet Spargel.

„Häh? Wieso? Skat ist doch erst morgen. Wie immer mittwochs."

„Nee. Morgen habe ich doch Karten für *Lotto* im Stadtpark. Deswegen haben wir doch auf Dienstag geswitcht. Habe ich dir beim letzten Mal auch gesagt. Aber da warst du auch ein wenig abwesend. Lag wahrscheinlich am *Boonekamp*. Da hattest du auch wieder hingelangt. Wo bist du überhaupt? Sieh zu, dass du hierherkommst. Waldi springt auch schon im Dreieck."

Waldi heißt eigentlich Valentin und wurde von seinem ständig besoffenen Vater so getauft. *Waldi* kommt einem bei 3,0 Promille auf dem Kessel halt besser über die Lippen. *Spargel* bekam seinen Namen natürlich in erster Linie wegen seiner äußerlichen Erscheinung. Ein 1,98 Meter großer Albino, der tatsächlich irgendwie an das lange Gemüse erinnert. Benno ist nun endgültig aus dem Konzept. Irgendwie ist es wie verhext. Selbst zum Selbstmord ist er zu blöd und zu feige.

„Ja, ja ich komme ja gleich. Bin ungefähr in 15 Minuten bei euch", antwortet Benno.

„Alter, wie bitte? Gib Gas und bring noch ein paar *Boonekamp* von der Tanke mit."

Als ob nichts gewesen wäre, setzt sich Benno wieder in Bewegung. Er schaut auf die Uhr und fängt an sich zu beeilen, da er ja schon spät dran ist.

Dann eben morgen oder nächste Woche, denkt er sich. Dann ist vielleicht auch mehr los da unten. Ich muss einfach diesen Schweinehund überwinden. Kann doch nicht so schwer sein.

Benno ist wieder im Treppenhaus angekommen. Eigentlich wollte er den Fahrstuhl nehmen, doch er reduziert seine Geschwindigkeit und geht gedankenverloren die 15 Stockwerke die Treppe hinunter.

Warum sollen da unten eigentlich Leute sein, wenn ich mich hinunterstürze, fragt er sich. Dann würde ich doch erst recht nicht springen. Ich habe doch schon so viel zu viel Schiss. Und in der Zeitung wird es sowieso nicht stehen. Nachher ahmt mir Klappspaten noch jemand nach, ist Benno am Grübeln.

Kurz darauf ist er wieder unten vor dem Hochhaus angekommen. Sein Blick geht noch einmal etwas sehnsuchtsvoll nach oben. Er schließt sein Fahrrad auf und fährt wie mechanisch Richtung Tankstelle. Er sollte sich ein wenig beeilen. Seine Kumpels warten ja schließlich schon auf ihn.

2.

„Da bist Du ja endlich! Hast du die *Boonekamp* mitgebracht? Waldi ist schon ganz wuschig. Der braucht dringend einen Schluck", empfängt ihn Spargel.

„Hier", antwortet Benno und schleudert drei Packungen des Magenbitters auf den Küchentisch.

„Moin Benno", begrüßt ihn Waldi, der sich wie immer auf seinem Stammplatz in der Sitzecke gepflanzt hat.

„Moin Waldi", antwortet Benno.

„Gar kein Fußi heute?"

„Nee, bin diese Saison nur Stand-by. Sonst müsste ich heute diese dämliche Vorbereitung mitmachen. Kondition bolzen im Stadtpark. Keinen Bock drauf."

„Ja und so häufig hast ja letzte Saison auch nicht gespielt, ne? Hast ja mehr die Reservebank gewärmt."

„Was kann ich denn dafür, dass die damals den Libero abgeschafft haben? Ich habe immer Libero in der Jugend gespielt. Und dann auf einmal kam dieser neumodische Kram mit der Viererkette. Wenn du da keinen vernünftigen Spieler neben dir hast, dann siehst du immer schlecht aus. Früher habe ich immer schön die Kirschen hinten rausgebolzt und gut war. Und heute? Ach hör auf!"

„Beruhig dich! Komm', wir schrauben uns erst mal 'ne Bohne rein. Prost!"

„Trinkt ihr schon wieder ohne mich? Da geht man einmal pinkeln und dann sowas", flötet Spargel, als er wieder die Küche betritt.

Wie immer spielen Benno, Spargel und Waldi in der Küche, weil man hier ausgiebig quarzen kann. Benno hat Spargel und Waldi auf einem Fortbildungsseminar kennengelernt. Es waren die einzigen Beiden, die an diesem Wochenende etwas mit ihm zu tun haben wollten. Ansonsten waren dort nur Schnösel und Streber zugegen, die nach den Seminaren lieber noch in die Bücher schauten als einen trinken zu gehen.

Jeden Mittwoch wird in der geräumigen Zwei-Zimmer-Wohnung von Spargel Skat gekloppt. Manchmal treffen sie sich auch am Wochenende, wenn ihnen alle drei die Decke zuhause auf den Kopf fällt. Dann gibt es auch immer Asbach-Cola anstatt Bier und *Boonekamp*.

„Es hat sich auch schon mal jemand totgemischt, Herr Klotz!"

„Ist ja schon gut, Spargel." Bei dem Wort tot muss Benno zusammenzucken. Schließlich hatte er vor nicht mal zwei Stunden nur bedingt Interesse, Skat zu spielen.

Wie immer bekommt Benno dabei kein Bein auf die Erde. Während Spargel und Waldi das Skatspielen mit der Muttermilch aufgesogen haben, hat Benno wie immer keinen Zugang zum Geschehen.

„Mann, lange Farbe, kurzer Weg, du Blockflöte", herrscht ihn Spargel an, als sie zusammen mit fliegenden Fahnen gegen den spielenden Waldi verlieren.

„Ach, Mann. Leck mich! Wie soll ich mich bei diesem Qualm denn auch konzentrieren?"

„Ach, jetzt ist der Qualm schuld an deinem Hausfrauen-Skat?", entgegnet ihm Spargel und zündet sich demonstrativ die nächste Discounter-Zigarette an.

„Alter, mach mal einer das Fenster auf und lass mal Pause machen", schlägt Benno genervt vor.

„Gute Idee. Dann kann ich mal wieder ein paar Kippen nachstopfen und strunzen gehen. Und eine Bohne könnt ich auch mal wieder vertragen", japst Waldi.

Waldi ist wie immer in Trinklaune. Eigentlich wollte er nach dem Alkohol bedingten Tod seines Vaters nicht in dessen Fußstapfen treten, doch nach dem Verlust seiner Arbeit ist ihm mittlerweile alles scheißegal.

„Der Waldi kann ja ausschlafen. Wie sieht denn morgen wieder dein Tag als Aufstocker aus? Um zehn endlich mal aufstehen, Kippen stopfen und dann in Supermarkt und ein paar Dosenbier einkaufen, oder?", zieht ihn Spargel auf.

„Ach komm'. Du machst dich doch auch nicht krumm in deinem Scheißladen!", prescht Benno dazwischen.

„Vorsichtig. Ich arbeite zwar in einer Entsorgungsfirma, aber wie genießen in Hamburg einen ausgezeichneten Ruf."

„Trotzdem fahrt ihr Scheiße durch Hamburg und verpestet die ganze Luft."

„Einer muss es ja machen. Und ich würde sagen, wir machen es schon verdammt gut, wenn ich mir die Bilanzen anschaue."

Spargel ist Buchhalter und seit seiner Lehre bei einer Entsorgungsfirma, die wie er in Altona ansässig ist. Er ist mit Waldi in eine Schulklasse in Hamburg-Lohbrügge gegangen und seitdem sind sie unzertrennlich. Sogar Kollegen waren sie für einige Zeit. Doch dann hatte Waldi einen folgenschweren Verkehrsunfall, die ihm jegliche Berufstätigkeit verbietet. Ständig klagt er über Rückenschmerzen, die er tagsüber gerne mit Dosenbier in seiner 1-Zimmer-Mansarde betäubt.

„Und was machen die Weiber?", fragt Spargel in die Runde.

„Ich musste eben schon wieder zwei Nymphomaninnen wegschicken. Wegen Rücken", antwortet Waldi und erstickt fast an seinem asthmatischen Lachen.

„Nee. Ich habe dem abgeschworen", plustert sich Spargel auf.

„Ja genau. Nur weil du so gar keine abbekommst. Du bist dir doch für nichts zu schade", kontert Benno

„Wie bitte?"

„Wer hat denn damals die 90-Kilo-Bombe in der Besenkammer entschärft? Hast dir erst schön den Obstler mit ihr reingeschnasselt, dich und sie gefügig gemacht und dann ging die Luzie ab. Ging da überhaupt noch was? Ich meine, ihr wart ja sowas von besoffen, da kriegst du doch gar keinen mehr hoch. Schon gar nicht bei der."

„Ein Gentleman genießt und schweigt."

„Mir kommt es gleich hoch. Achtzehn."

„Du."

„Mann, hier wird auch wieder gemauert."

„Ja und bei dir. Dein letzter Ausflug zum anderen Geschlecht ist ja nun auch ein Weilchen her."

„Das kannst du doch gar nicht mit deiner Bergsteigertour vergleichen."

„Nun werde mal nicht gleich aggressiv! Ich meine ja nur. War ja wohl auch der Grund, warum du in der großen Stadt gelandet bist."

In der Tat ist dies Bennos dunkles Geheimnis. Benno war schwer verliebt in die Auszubildende in seiner damaligen Steuerkanzlei in seinem Heimatort. Ein Früchtchen, das eine Übergangslösung zwischen zwei Beziehungen dringendst benötigte.

„Ach, hör mir damit auf! Schnee von gestern."

„Aber immer wieder schön. Erzähl doch noch mal, wie war das im Festzelt?"

Benno hatte gerade von Svetlana den Laufpass bekommen. Unglücklicherweise hatte sie mit einem Mandanten aus der Kanzlei etwas begonnen. Beim örtlichen

Schützenfest musste Benno dann die Anwesenheit des jungen Glücks über sich ergehen lassen. Benno verschanzte sich mit Bier und Apfelkorn am Tresen im Festzelt. Geradezu offensichtlich knutschten die beiden vor seinen Augen herum. Svetlana liebte es, Männer zu demütigen. Da Benno ein friedfertiger Mensch ist, vermied er es, den Peiniger aufzumischen. Stattdessen kippte er sich alles in den Körper, was ihm in die Quere kam. Der Showdown bestand aus den wankenden Schritten zur Bühne, dem Bepöbeln des örtlichen Musikzuges wegen der schlechten Beschallung und dem gepflegten Abreihern auf die davor gelegene Tanzfläche. Benno torkelte noch aus dem Zelt, um sich der aufgebrachten und fassungslosen Meute zu entziehen. Doch leider endete sein Nachhauseweg unvollendet in der Hecke des Friedhofs.

Dies war für Benno das Zeichen, die Stadt zu verlassen. Sein Chef stellte ihm ein überraschend gutes Zeugnis aus, damit er möglichst schnell die Kanzlei verlassen konnte. Seine Eltern beschleunigten ihr Vorhaben, ihren Altersruhesitz auf Mallorca zu beziehen. Seitdem war Benno allein.

„Das sind denn heute Abend zwei Euro für mich, der liebe Waldi muss nichts blechen und unser Benno ist mit 16 Euro mal wieder dick im Geschäft. Dann mal her mit der Kohle! Hast ja heute mal wieder dein bestes Skat gespielt. Eine Bohne für jeden haben wir noch", resümiert Spargel.

Benno sitzt apathisch vor seinem halbleeren Weizenbierglas und erwartet die abschließende Schnaps-Runde. Nach vier Weizenbieren und jetzt vier *Boonekamp* hat er sein Pensum erfüllt und wird morgen einigermaßen aufrecht zur Arbeit gehen können.

„Mal wieder einen Tag geschafft", seufzt er in sich hinein.

„So, wir sehen uns dann wieder fahrplanmäßig am Mittwoch. Und ich freue mich jetzt schon auf morgen. Lotto im Stadtpark. Hamburg meine Perle. Geil!", entweicht es Spargel.

„Wieso gehst du überhaupt dahin? Den Affen siehst du doch sowieso alle 14 Tage im Stadion?", braust Benno auf.

„Jetzt kommt wieder der Bayern-Fan. Du weißt doch gar nicht, wie das im Stadion ist. Wenn 50.000 mitsingen. Übrigens, weißt du eigentlich, dass Bayern-Fans von allen Fans bundesweit das geringste Selbstwertgefühl haben. Die suchen sich extra so einen erfolgreichen Verein aus. Um sich besser zu fühlen. Und nun kommst du."

„So ein Schwachsinn! Wo hast du denn diesen Scheiß her? So, hier hast du deine bescheuerten 16 Euro. Schönen Dank auch und viel Spaß morgen beim Proletentreffen. Und beim Heimspiel am Samstag im … Wie heißt euer Stadion noch gleich?"

„Volksparkstadion!"

„Für mich wird es immer die AOL-Arena bleiben. Und tschüss."

Benno verlässt Spargels Wohnung und besteigt sein Fahrrad.

„Mit was für Idioten hänge ich eigentlich ab?", fragt er sich. Doch dann fällt ihm wieder ein, dass es die einzigen Freunde sind, die er hat.

„Es muss sich schleunigst etwas ändern. Sonst bin ich morgen Abend wieder da oben."

3.

Der Wecker klingelt um sieben Uhr. Benno fühlt sich so wie jeden Morgen nach einem zünftigen Skatabend. Die vier Kurzen und die vier Weizen haben Spuren hinterlassen. Vom Einatmen des Rauches billiger Zigaretten hat er ein wenig Kopfschmerzen. In einer Stunde muss er in der Steuerkanzlei sein. Bei diesem Gedanken werden seine Schmerzen noch ein wenig schlimmer. Er kann sich noch nicht aufraffen und sinkt wieder in die Kissen.

Erst kurz vor halb acht wuchtet er sich hoch. Nach einer Katzenwäsche besteigt er ohne Frühstück sein Fahrrad und radelt gemächlich die drei Kilometer zur Arbeitsstelle. Der morgendliche Berufsverkehr mit seinen stickigen Abgasen und der anstrengenden Hektik setzen ihm zusätzlich zu. Kurz überlegt er, ob er sich noch beim Bäcker etwas zu Essen holen soll. Doch ihm ist so übel, dass er diesen Gedanken verwirft.

Benno schlüpft durch die Bürotür und wirft der Dame an der Anmeldung, Frau Gorski, einen kurzen Morgengruß zu. Er verschwindet unauffällig in sein Büro und nimmt an seinem Schreibtisch Platz. Am liebsten würde er auf der Stelle wieder Feierabend machen, doch vor ihm liegen acht Stunden Arbeit plus eine halbe Stunde Mittagspause.

Er malt sich gerade aus, was heute schlimmer sein könnte. Acht Stunden monoton vor sich hinarbeiten oder 30 Minuten Pause mit den lieben Kollegen in der viel zu kleinen Küche. Es lohnt sich leider nicht für ihn, für eine halbe Stunde nach Hause oder woanders hin zu gehen. In der Umgebung gibt es einfach nichts, um sich die Pause zu versüßen.

So wird er wie in jeder Mittagspause still in seiner Ecke vegetieren und hoffen, möglichst nicht angesprochen zu werden. Gerade als er sich mit diesen Gedanken beschäftigt, lässt ihn eine lautstarke morgendliche Begrüßung schlagartig wach werden.

„Guten Morgen, Herr Klotz! Schön, dass Sie auch schon hier sind. Ist ja keine Selbstverständlichkeit. Ach nee, entschuldigen Sie. Morgen müssten Sie doch traditionell wieder Ihre nicht vorhandene Gleitzeit auskosten, nicht wahr?" Es ist Philipp Ständer, der frisch gebackene Steuerberater und Juniorchef, der ihn an diesem Morgen so herzlich begrüßt.

„Morgen, Herr Ständer", antwortet Benno leise.

„Was?"

„Guten Morgen, Herr Ständer", wiederholt Benno einen Tick lauter

„Na, also. Geht doch."

Dann verschwindet der 32-jährige Nachfolger des beliebten Vorgängers, seinem Vater Hermann Ständer, in sein geräumiges Büro.

„Der Penner", denkt Benno. „Hat doch alles nur seinem Vater zu verdanken. Wenn der Alte nicht ein gutes Wort bei der Steuerberaterkammer für ihn eingelegt hätte, wäre der doch nie Steuerberater geworden. Jetzt plustert der sich jeden Tag auf und macht einen auf Big Boss."

Benno wendet sich wieder seinem Tagesgeschäft zu. Buchhaltung und ein paar kleine Steuererklärungen. Mehr wird ihm hier nicht zugetraut. Sein Zimmerkollege Seppel hat noch Urlaub, so dass er heute ungestört vor sich hinarbeiten kann.

Gegen halb zehn muss Benno doch mal etwas essen. Die Frage ist nur, was. Jetzt bereut er, dass er auf dem Hinweg nichts aus der Bäckerei mitgenommen hatte. Er geht in die Küche und wirft einen Blick in den Gemeinschaftskühlschrank. Jeder der dort acht Beschäftigten hat seinen Bereich, in dem akkurat die Lebensmittel gelagert sind. Er braucht nicht lange zu überlegen, von wem er etwas stibitzen kann. Seine Wahl fällt auf Ständer, der neben einem gekühlten Latte Macchiato noch ein paar kleine Salami vom letzten Italien-Urlaub im Kühlschrank aufbewahrt.

„Genau das Richtige", denkt sich Benno und vertilgt die kleine Salami wie eine Schlange, die dabei ihren Kiefer aushängt. Es folgt ein satter, zufriedener Rülpser und zum ersten Mal zuckt ein leichtes Grinsen über Bennos Gesicht. Frohen Mutes schlendert Benno wieder zurück zum Schreibtisch.

Doch die gute Laune ist zwei Stunden später vorüber.

Das Telefon klingelt. Es ist der Chef.

„Kommse doch mal bitte in mein Büro!"

Benno verlässt seinen Platz und steht wenig später wie angewurzelt vor dem Schreibtisch seines Vorgesetzten.

„Mir ist so gerade … also, als ich mir eine von meinen leckeren, exquisiten Salamis genehmigen wollte, so durch den Kopf gegangen, dass Sie doch vorhatten, eine Fortbildung zu besuchen, nicht wahr?"

„Ja? Habe ich das gesagt?", ist Benno verdutzt.

„Nein. Das haben Sie in der Tat nicht gesagt. Denn das sage ich! Sie wollen doch auch mal vorankommen. Und unsere Kanzlei selbstverständlich auch. Wir wollen Sie hier nicht weiter durchschleppen. Verstehen Sie sich einfach als kleines Profitcenter."

Die Demontage nimmt seinen Verlauf, denn Ständer holt sein eingerahmtes Diplom von der Wand.

„Hier sehen Sie. Das kann durch Fleiß und Ehrgeiz entstehen. Ich rate Ihnen dringendst: Tun Sie was! Wie wollen Sie denn später mal Ihre Familie ernähren? Sehen Sie: Der Tag hat 24 Stunden. Da können Sie acht Stunden arbeiten, acht Stunden schlafen und acht Stunden lernen. Ich erwarte von Ihnen bis zum Ende der Woche eine Antwort, ob Sie an der Fortbildung teilnehmen. Zweimal die Woche abends und samstagvormittags."

„Bezahlt das denn die Firma?"

„Wollen Sie auch noch frech werden? Natürlich sind Sie für Ihre Karriere und Qualifikation verantwortlich. Das glaube ich ja wohl nicht. Was meinen Sie, was ich damals alles investiert habe?"

„Du garantiert gar nichts. Du hast alles von Vati in den Arsch geschoben bekommen, du Stricher", denkt sich Benno im Stillen.

„Ich werde darüber nachdenken, Herr Ständer."

„Nicht nachdenken, MACHEN! Und jetzt ab mit Ihnen."

Bennos Puls steigt an und er zittert am ganzen Körper. Er verzieht sich wieder zurück in sein Büro.

„Dieser Schwätzer, dieser überhebliche Trottel und Taugenichts. Na warte!", denkt Benno.

Es ist nicht das erste Mal, dass Benno von Ständer so vorgeführt wird. Dem Junior ist es schon immer ein Dorn im Auge gewesen, dass sein Vater Benno damals eingestellt hat und ein gutes Verhältnis zu ihm hatte. Doch leider ist der Alte mittlerweile im Ruhestand und hält nicht mehr die schützende Hand über Benno. Bisher hat Benno sämtliche Schikanen über sich ergehen lassen.

Nach der überstandenen Mittagspause läuft Ständer abermals heiß. Das Telefon klingelt ein zweites Mal heute und es ist wieder Ständer Junior.

„Herr Klotz. Nachher kommt der Neumann. Kochen Sie schon mal Kaffee!"

„Aber das macht doch immer Frau Gorski?"

„Haben Sie mich nicht verstanden? Sehen Sie zu. Und wenn der Kaffee fertig ist, dann können Sie mir schon mal einen bringen. Aber nicht so einen starken. Nicht, dass ich einen Herzkasper bekomme."

„Du wirst etwas ganz anderes bekommen, mein Bester", denkt Benno.

Benno weiß, dass Ständer Alkohol meidet, weil er sich dann nicht mehr im Griff hat. Er geht in die Küche und setzt Kaffee auf. Nach zehn Minuten ist der Kaffee endlich fertig. Benno holt den Lieblingsbecher von Ständer aus dem Küchenschrank. Doch statt des Kaffees schenkt Benno erst einmal ein wenig Wodka ein, den er für alle Fälle in seiner Schublade aufbewahrt. Dann füllt er den Rest des Bechers mit dem heißen Kaffee auf und bringt ihn Ständer in sein Büro.

„Wurde ja auch mal Zeit. Und jetzt Tür zu!"

Benno arbeitet weiter und hört 15 Minuten später, wie Neumann, einer der wichtigsten Mandanten, das Büro betritt. Und wie er fünf Minuten später das Büro wieder verlässt.

„Ich glaube, ich komme vielleicht wieder, wenn Sie wieder bei Verstand sind. Und die Sexualpraktiken meiner Frau gehen Sie überhaupt nichts an, Sie Schwachkopf!", bricht es aus Neumann heraus, als er Richtung Ausgang geht.

Bingo! Benno geht es ein wenig besser. Die Tür von Ständers Büro bleibt zu.

Sicherlich sitzt er jetzt in seinem dicken Sessel und grübelt mit seinem dämlichen Gesichtsausdruck, was gerade für ein Film lief, freut sich Benno. Der gute Wodka muss ihm richtig zugesetzt haben. Amateur. Das kommt davon, wenn man nicht im Training ist. Benno ist zufrieden und denkt: Ja, a apropos Training. Da könnte ich mich auch mal wieder blicken lassen.

4.

Benno ist froh, als er endlich den langen Arbeitstag hinter sich gebracht hat. Zu Hause angekommen, macht er sich erst einmal einen kleinen Schnittchenteller mit Gewürzgurke und schaltet die Glotze ein. Wie immer läuft nur Müll auf der Mattscheibe. Beim Durchzappen bleibt er auf *arte* hängen und schläft wenig später auf dem Sofa ein. Gegen halb elf wacht er wieder auf.

Na super, denkt er. Jetzt bin ich hellwach. Eigentlich müsste ich jetzt schlafen, sonst wird der morgige Tag genauso ein Mist wie der heutige.

An Schlaf ist jetzt aber nicht mehr zu denken. Gerade hat ein Film im Fernsehen angefangen. *Belagert. Sarajevo* erscheint als Titel im TV. Benno hat keine Lust wieder zu zappen und bleibt bei dieser Dokumentation hängen. Normalerweise meidet Benno diese Art von Filmen, da sein Gemüt hierdurch noch zusätzlich belastet wird. Aber er ist von Anfang an gefesselt.

Es geht um die Belagerung der bosnischen Hauptstadt Sarajevo von 1992 bis 1996. In dieser Zeit war diese Stadt, die in einem Talkessel liegt, von den umliegenden Hügeln von der Armee der bosnischen Serben regelgerecht wundgeschossen. Die Dokumentation zeigt wie die multikulturelle Bevölkerung Sarajevos vom Angriff überrascht wurde und fast vier Jahre mit einer zivilen Armee den Angriffen einer voll ausgerüsteten Armee gegenüberstand. Er sieht all dieses Leid, den Hunger, die Verzweiflung und Hoffnungslosigkeit, die die Zeitzeugen mit ihren Interviews noch zusätzlich unterstreichen.

Der traurige Höhepunkt ist ein Granateneinschlag auf dem Markale-Platz, einem Wochenmarkt, bei dem 68 Zivilisten den Tod finden. Menschen, die durch die

Detonation der Granate in ein Gitter geschleudert und eingequetscht werden. Es sind furchtbare Bilder. Der Dauerbeschuss von Heckenschützen, die alle töten wollen, die die Hauptverkehrsstraße *Zmaja od Bosne* überqueren wollen, die kurzerhand in *Snipers Alley* umgetauft wird. Die Lage der Bewohner Sarajevos ist trostlos, qualvoll und nicht zu ertragen, doch trotzdem versuchen sie einen gewissen Alltag zu wahren. Sie gehen zur Arbeit, sie heiraten, sie bekommen Kinder ... Sie veranstalten sogar Konzerte, küren die *Miss Sarajevo* und strecken dabei den Mittelfinger in Richtung ihrer Peiniger. Mit einem unglaublich langen Atem halten sie durch, bis sie 11.000 Tote und 56.000 Verletzte später endlich wieder frei sind.

Benno ist angesichts dieser Reportage völlig fertig. Immer wieder schießen ihm bei den Bildern die Tränen in die Augen. Die unglaubliche Brutalität und Menschenverachtung auf der einen wie auch die Beharrlichkeit und Leidensfähigkeit auf der anderen Seite. Benno ist beeindruckt von Sarajevo und seiner Bevölkerung, die eigentlich nur mit ihren vielen unterschiedlichen Ethnien friedlich miteinander leben wollten. Bosnier neben Serben, Muslime neben Christen und nicht nur neben einander, sondern in vielen Ehen sogar miteinander.

Benno kann nun erst recht nicht einschlafen. Die Bilder der Dokumentation gehen ihm nicht mehr aus dem Kopf. Er schämt sich inzwischen wegen seiner eigenen vergleichbar kleinen Probleme. Diese Leute mussten um ihr Leben fürchten und haben es mit Haut und Haaren verteidigt, während er sein Leben am liebsten wegwerfen möchte. Er ringt die ganze Nacht mit sich, bis er endlich in den frühen Morgenstunden einschläft.

Die Nacht, wenn man denn von so einer reden mag, war natürlich viel zu kurz. Benno hat höchstens drei Stunden geschlafen, doch er ist nicht so müde wie am Morgen davor. Er fühlt sich viel klarer und sicherer als sonst. Der Arbeitstag verläuft ohne besondere Vorkommnisse und Benno muss immer wieder an die Reportage denken.

„Ich muss nach Sarajevo!"

Benno macht nie richtigen Urlaub. Er bleibt immer zu Hause und unternimmt keinerlei Anstalten, ein fremdes Land zu bereisen. Schon gar nicht zieht es ihn nach Bosnien-Herzegowina. Nach Feierabend schaut er sich im Internet die Europakarte an und beginnt sich etwas näher mit dem Land und dessen Hauptstadt Sarajevo zu beschäftigen. Fliegen kommt aufgrund seiner Flugangst nicht in Frage, mit der Bahn ist es zu umständlich und eine lange Busfahrt möchte er sich auch nicht unbedingt antun.

Vielleicht ist es doch alles nur eine Schnapsidee, zweifelt er innerlich.

Am Wochenende stattet er seinem Fußballverein mal wieder einen Besuch ab. Seine Mannschaft hat ein Vorbereitungsspiel, für welches er vom Trainer nicht berücksichtigt wurde. Noch ist es Sommer, die Saison hat noch nicht angefangen und alle Spieler verspüren noch Lust auf Fußball. Spätestens im Herbst wird sich der Wind drehen und Benno kommt als Stand-by-Spieler zum Einsatz, weil immer mehr Spieler plötzlich wieder andere Dinge zu tun haben werden. Das Wetter ist dann übel, die Saison ist auch nicht so verlaufen, wie man es sich vorher vorgestellt hatte und schon sinkt die Bereitschaft seine Knochen auf dem harten Ascheplatz hinzuhalten.

Benno schaut nur die erste Halbzeit eines unansehnlichen Spiels und schlendert in das direkt neben dem Fußballfeld liegende Sportlerheim. Am Tresen sitzen zwei Spieler der Altherren und unterhalten sich miteinander. Es sind *Dr. Döner*, ein türkischstämmiger Torjäger aus den 90er Jahren, und Dieter, ein knochenharter Innenverteidiger aus derselben Epoche.

„Na, wer kommt denn da? Der Klotz!", wird Benno von Dieter begrüßt.

„Doktor, Dieter!"

„Benno!", erwidert Dr. Döner.

„Hast du auch keine Lust mehr, dir dieses Gekicke da draußen anzusehen? Die sind ja noch blinder als wir früher."

„Na ja, Dieter. Ist ja noch die Vorbereitung. Da sind bestimmt noch die Beine schwer", antwortet Benno.

„Ach komm. Pöseldorf haben wir früher im Vorbeigehen abgefrühstückt. Zwanzig Meter vor dem Tor war für deren Mittelstürmer Schluss. Da habe ich dem mal kurz erklärt, wie der Hase läuft, ihn mal so richtig von den Socken geholt und vorne hat der Doktor die Dinger reingemacht."

„Was?"

„Ja, nee ist so. Kannst mir gerne glauben. Und gucke dir das doch heute mal an. Die jungen Leute. Nichts mehr los mit denen. Schlimm."

Benno beschließt durch die Bestellung eines Weizenbieres kurzzeitig die Unterredung zu unterbrechen. Tatsächlich nimmt Dieter dies zum Anlass, weiter auf den bulligen Ex-Mittelstürmer einzureden.

„Oder was sagst du dazu? Wo waren wir eigentlich eben stehen geblieben? Ach ja. Hast du jetzt eigentlich schon deinen VW-Bus verkauft?"

„Nee, den will keiner haben. Und ich habe ihn schon günstig angeboten. Wollen halt alle was Vernünftiges fahren. Zur Not muss ich ihn zum Schrottplatz bringen."

„Du willst den VW-Bus verkaufen?", ist Benno auf einmal interessiert.

„Ja, ich müsste da wieder so viel reinstecken. In zwei Monaten muss er zum TÜV. Es lohnt sich einfach nicht mehr."

„Was soll denn das gute Stück kosten?"

„'N Tausender wollte ich schon gerne haben."

„Ich nehme ihn."

„Echt, aber du hast ihn doch noch gar nicht richtig gesehen."

„Ist egal. Ich habe sowieso keine Ahnung von Autos. Einzige Bedingung ist, dass du ihn für mich anmeldest. Dafür habe ich keine Zeit."

„Ist gebongt, Alter. Nächste Woche kannst du dir die Kiste bei mir im Dönerladen abholen."

„Dann schlag ein." Dr. Döner wendet sich der Vereinswirtin zu.

„Alles klar, Mann. Jutta, mach doch noch einmal drei Apfelkorn. Das muss gebührend gefeiert werden."

„Ich trinke keinen …", bricht Benno ab. Egal, denkt er dann, für Sarajevo muss ich Opfer vollbringen. Endlich weiß ich, wie ich dort hinkomme!

„Serefer, meine Lieben. Auf das Geschäft!"

„Ja genau. Prost!", nickt Benno dem Doktor zu.

„Die Rostlaube. Was willst du denn mit der? Du fährst doch sonst auch kein Auto. Und jetzt gleich einen ganzen Bus?", fragt sich Dieter.

„Ich glaube, ich werde dieses Jahr mal in den Urlaub fahren!"

„Ach ja? Und wohin soll denn die Reise gehen?"

„Nach Sara …, ähh, nach Kroatien an die Küste."

Benno erfindet schnell dieses Ziel, weil er keine Lust hat, seine wahren Beweggründe zu erläutern.

„Zu den Jugos. Was meinst du Doktor? Wird er dort überhaupt mit deiner Karre ankommen? Ich schätze mal, spätestens bei den Kassler Bergen ist Schicht im Schacht."

„Das schafft die Kiste locker. Guter Motor. Der Wagen ist top in Schuss. Kein Problem."

„Ja, hätte ich jetzt auch gesagt. Nicht, dass Benno es sich noch anders überlegt."

„Geschäft ist Geschäft. Ich stehe zu meinem Wort."

„Na, also gut. Ist ja deine Sache. Ich wünsche dir jetzt schon mal gute Reise!", verabschiedet sich Dieter

5.

Die letzte Arbeitswoche vor der Abreise steht an. Noch einmal heißt es, die unsägliche Prozedur bestehend aus unbefriedigender Arbeit, Skatrunde mit den beiden Klappspaten und gepflegter Langeweile auf der heimatlichen Couch zu überstehen. Am Donnerstag wird aber der absolute Höhepunkt für Benno sein. An diesem Tag erfolgt die Übergabe des VW-Busses! Benno kennt ihn nur oberflächlich. Eigentlich ist es nur ein Transporter mit einem kleinen Fenster an der Seite und dem größeren Fenster auf der Heckklappe.

Um darin überhaupt seinen Urlaub zu verbringen, beginnt Benno am Montagabend, sich nützliche Utensilien zusammenzustellen und schafft die ersten Sachen vom Dachboden in seine kleine Wohnung. Da wäre zum einen die große Gästematratze, die dort oben vor sich hin staubt, weil sowieso niemand zu Besuch kommt, um darauf zu nächtigen. Er findet noch einen alten Gaskocher, Bundeswehrgeschirr und jede Menge Plastikboxen, in die er jede Menge Kleinkram stopfen kann. Nachdem er seine Schätze begutachtet hat, erstellt er noch eine Checkliste, um die noch benötigten Dinge besorgen zu können. Benno ist zufrieden.

Endlich mal raus hier. Vielleicht bleibe ich ja da, denkt Benno. Doch dafür sollte er wenigstens die Sprache beherrschen und ein wenig Startkapital haben.

„Leute, die nächsten zwei Wochen müsst ihr Bauernskat spielen." Es ist Mittwochabend und die Skatrunde ist in vollem Gange.

„Wie jetzt?", grunzt Waldi.

„Ich fahre in den Urlaub", antwortet Benno.

„Ja genau. Verarschen kann ich mich selber. Wohin geht's denn? Malediven? Seychellen? Oder gleich nach Bora Bora?", steigt Spargel in die Gesprächsrunde ein.

„Nach Kroatien."

„Was soll das denn? Du fährst doch nie weg. Du fliegst ja nicht mal nach Malle, um deine Eltern zu besuchen."

„Die wollen mich auch, glaub' ich, gar nicht dahaben. Die einzige Schlafgelegenheit ist ein 1,70 Meter langes Sofa, von dem man runterfällt, wenn man sich auf die andere Seite dreht. Und für die Gästeritze zwischen Mama und Papa bin ich ein wenig zu alt. Und dann dürfte ich mir sowieso zwei Wochen lang anhören, was ich für ein Versager bin. Nee, diesmal geht es auf ganz große Fahrt."

„Aha. Das ist ja ein Ding. Und wie willst du dort hinkommen?", fragt Spargel.

Benno erzählt von seinem Plan mit dem VW-Bus, seinen Utensilien vom Dachboden und dass er irgendwo an die Küste fahren möchte. Am Ende des Abends drückt ihm Spargel noch einen Koffer in die Hand. Dieser besteht aus einem kleinen Campingtisch und zwei integrierter Bänke. Wenn man den Koffer ganz aufklappt, verwandelt er sich in eine Sitzgarnitur. Benno bedankt sich artig und macht sich mit dem Ungetüm auf dem Fahrrad auf den Weg nach Hause.

„Und wir wollen ordentlich Urlaubsbilder sehen. Am besten schickst du schon welche rüber, wenn du da bist", ruft ihm Spargel hinterher.

Langsam nimmt seine Reise Konturen an. Dann ist endlich Donnerstag. Direkt nach der Arbeit fährt Benno zu Dr. Döners Imbiss.

„Da ist ja der Weltenbummler. Komm' mit auf den Hof! Da steht das Prachtstück", empfängt ihn der guternährte Gastronom. Benno steht nun vor seinem Urlaubsdomizil und beäugt es von allen Seiten. An vielen Stellen ist zwar schon der Rost zu sehen, aber ansonsten macht die Karre noch einen einigermaßen soliden Eindruck. Er öffnet die Schiebetür und findet im Innenraum gähnende Leere vor. Der Boden und die Innenwände sind ein wenig verschrammt, aber dies macht ihm überhaupt nichts aus. Zu seiner großen Freude ist sogar die Trennwand zwischen Fahrerkabine und Innenraum entfernt worden, so dass er sich nach absolvierter Fahrt ohne auszusteigen nach hinten begeben kann.

Benno übergibt Dr. Döner die eintausend Euro und bekommt im Gegenzug die Papiere ausgehändigt. Danach setzt er sich auf den Fahrersitz und startet den Motor.

„Gute Fahrt, Benno! Komm' gesund wieder", winkt ihm Dr. Döner hinterher. Benno fährt hupend vom Hof und erst einmal zur Probe durch sein Viertel. Es ist bestimmt schon zwei Jahre her, seitdem er Auto gefahren ist. Er kurbelt die Fensterscheibe herunter und legt lässig seinen Ellenbogen auf die Fensterbank. Übermütig schaltet er das Autoradio ein, welches sich sofort zu Wort meldet und ihm zünftige türkische Volksmusik lautstark um die Ohren wirft. Da ist wohl noch eine CD vom Vorbesitzer drin. Benno schaltet den Kasten wieder aus und genießt den erfrischenden Fahrtwind, der ihm um die Nase weht. Wenig später biegt er in seine Straße ein und findet einen ausreichend großen Parkplatz, der sich nur einige Meter entfernt von seinem Eingang befindet.

Morgen direkt nach der Arbeit fahre ich los. Warum sollte ich Zeit verlieren, freut sich Benno. Er geht in die Wohnung und beginnt den Bus mit seinen

Habseligkeiten zu bestücken. Die große Matratze verstaut er zuerst. Danach folgen alle anderen wichtige Dinge, die er schon sorgfältig in den Plastikboxen verstaut hat. Schließlich schafft er es auch noch, die Ladung ordnungsgemäß zu sichern, so dass sie sich nicht während der Fahrt verselbständigen kann. Benno wirft noch einen prüfenden Blick in sein Vehikel und würde am liebsten schon diese Nacht dort verbringen. Er zieht dann aber doch das bequeme Bett ein letztes Mal vor.

Am nächsten Tag arbeitet Benno wie ein Besessener, um ja alle anfallenden Arbeiten noch zu erledigen. Kurz vor der Mittagspause sucht ihn der Juniorchef auf.

„Na, Klotz. Schon in Urlaubsstimmung? Wo soll's denn hingehen? Lassen Sie mich raten. Bestimmt machen Sie wieder Sexurlaub auf Balkonien. Bisschen die „Fleißigen Lieschen" begrapschen, oder was? Vergessen Sie nicht die Stiefmütterchen um Erlaubnis zu fragen, wenn Sie eine von denen heiraten wollen."

„Ich weiß ja nicht, wie Sie Ihren Urlaub verbringen, aber ich fahre nach Kroatien", antwortet Benno und nimmt seinem Gegenüber den Wind aus den Segeln.

„Ah ja. Ähh, also. Hauptsache der Schreibtisch ist zum Feierabend leer. Vorher kommse hier nicht weg."

„Schwachkopf! Und wenn ich alle Unterlagen in den Mülleimer schmeiße. Das kriegst du eh nicht mit. Dann bin ich schon weit, weit weg. Und wer weiß, ob du mich jemals wiedersehen wirst, du Penner!", kontert Benno – in Gedanken.

Die letzten Stunden vergehen ohne Zwischenfälle. Dann ist Benno endlich erlöst. Er sucht die Seitenstraße auf, in der seinen VW-Bus geparkt hat und braust Richtung Autobahn. Auf dem Beifahrersitz liegt der über zehn Jahre alte Straßenatlas, den er in undurchsichtigen Situationen zu Rate ziehen möchte.

Es ist Freitagnachmittag, 16.00 Uhr. Bahn frei, hier kommt Benno Klotz! Das Wetter hat sich leider seit heute zum Schlechten gewandelt. Es gießt ununterbrochen und die alten Scheibenwischer versuchen mühsam, die Scheibe freizuhalten. Endlich erreicht er die Autobahn und steht Sekunden später in seinem ersten Stau.

Das geht ja schon mal gut los, denkt Benno. Aber er lässt sich nicht entmutigen und fährt weiter seinen Stiefel herunter. Irgendwann wird der Verkehr weniger und Benno schafft Kilometer um Kilometer. Sein Körper ist voller Adrenalin und er macht nur die allernötigsten Pausen. Dann aber gegen Mitternacht ist er aber plötzlich viel zu müde, um weiterzufahren. Er steuert die nächste Autobahnraststätte an und schlüpft nach hinten in seinen Schlafsack. Der Regen prasselt weiterhin lautstark auf das Dach des Busses, aber das ist Benno ziemlich egal. Er genießt seine neue Umgebung und das irgendwie beruhigende Geräusch. Es ist wie die Symphonie zu seiner Flucht nach Sarajevo.

6.

Als Benno am nächsten Morgen erwacht, regnet es immer noch. Er schaut auf die Uhr. Es ist bereits halb zehn und so langsam möchte Benno wieder weiterziehen. Doch vorher schlendert er seelenruhig und noch etwas müde zu den sanitären Einrichtungen der Autobahn, um sich den Schlaf aus den Augen zu spülen. Als er wieder herauskommt, wird er von der Seite angesprochen:

„He, du.", sagt eine junge weibliche Stimme.

„Meinst du mich?"

„Na, wen denn sonst? Oder siehst du noch irgendjemand? Kannst du mich vielleicht ein Stück mitnehmen?"

„Wo möchtest du denn hin?"

„Na, in den Süden. Andere Richtung wäre ja Quatsch."

„Äh, ja." Benno ist ein wenig verwirrt.

„Also, um es genauer zu sagen, möchte ich nach Kroatien", sagt die junge Dame, die mit einem großen Backpacker-Rucksack unterwegs ist.

„Ja, also in die Richtung fahre ich auch. Eigentlich will ich dort auch hin."

„Ich will in die Nähe von Karlovac, um genau zu sein."

„Wo ist das denn?"

„Du hast ja gar keinen Plan von dem Land, in das du möchtest. Ist, glaube ich, keine so schlechte Idee, wenn ich bei dir mitfahre."

Benno überlegt, ob diese unverhoffte Beifahrerin seine Reisepläne durchkreuzen könnte. Er muss ja sowieso in Kroatien noch ein paar Alibifotos machen. Da könnte ihm die junge Frau eine willkommene Hilfe sein. Vielleicht kennt sie ein paar schöne Stellen an der Küste.

„Na, dann komm mit! Mein Gefährt steht gleich da drüben. Aber erwarte nichts Komfortables."

„Okay, super", entgegnet die unbekannte Anhalterin erleichtert.

Auf dem Weg zum Bus mustert Benno seine Begleitung genauer. Sie wird nicht viel jünger sein als er. Ihre langen blonden Haare hat sie zu einem Zopf gebunden. Außerdem ist sie ein wenig kleiner als Benno und wirkt alternativ und selbstbewusst.

Die beiden setzen sich in Bewegung.

„Wartest du schon lange, dass dich jemand mitnimmt?"

„Ach, es geht. Ich habe ein paar Leute angequatscht, aber die wollten nicht."

Sie erreichen den VW Bus und Benno packt ihren schweren Rucksack nach hinten auf die Ladefläche.

O Mann, Klotz. Hättest der Dame ja auch mal den Rucksack tragen können. Du bist ein Gentleman. Du hast einfach keine Übung mit Frauen, denkt Benno.

„So, dann wollen wir mal." Benno fährt im gemächlichen Tempo von der Raststätte.

„Wie heißt du eigentlich?", wird Benno gefragt.

„O, sorry. Ich bin Benno. Und du?"

„Ich heiße Selma. Und du weißt wirklich nicht, wohin deine Reise geht?"

„Doch, aber das wäre jetzt zu kompliziert, dir das zu erklären."

„Na ja, der Weg bis nach Kroatien ist ja noch weit. Vielleicht ziehe ich es dir ja noch bis dahin aus der Nase."

Benno versucht gleichzeitig sich auf den Verkehr auf der nassen Autobahn und auf das Gespräch mit seiner Begleiterin zu konzentrieren.

„Wohin wolltest du jetzt noch mal? Karlodings?"

„In die Nähe von Karlovac."

„Ist das zufällig an der Küste?"

„Nein, das liegt zwischen Zagreb und Rijeka. Falls du von diesen Städten schon einmal gehört haben solltest."

„Und was willst du da? Eigentlich fährt man doch an das Wasser, wenn man in Kroatien ist."

„Ist so eine Familiensache."

„Aha."

Damit hat Benno seinen guten Willen gezeigt, sich an einer sinnvollen Kommunikation zu beteiligen. Sie sind jetzt schon im tiefsten Bayern angekommen und steuern auf die österreichische Grenze zu.

„Denk an das Pickerl!", wirft Selma Benno zu.

„An was?"

„Na, an die Vignette. Sonst wird es teuer, wenn sie dich erwischen."

Benno steuert die nächste Tankstelle an und kauft eine Vignette. Um seinen Fauxpas von vorhin wieder gutzumachen, spendiert er Selma einen Kaffee. Sie setzen sich an einen der freien Tische im Rasthaus.

„Okay. Dann lass uns mal einen Deal machen! Ich erzähle dir meine Beweggründe und du mir deine Reisepläne. Ist doch viel besser, als wenn wir hier weiterhin vor uns hin schweigen", schlägt Selma vor.

Benno wägt kurz ab und willigt ein. Er erzählt zum ersten Mal einer Person, dass er auf dem Weg nach Sarajevo ist. Und wie er an den Bus gekommen ist. Schon nach ein paar Augenblicken fängt Benno an, Vertrauen zu dieser wildfremden Frau aufzubauen.

Selma sieht nicht nur gut aus, sondern sie hat auch noch den gewissen Tiefgang. Sie hört ihm zu, stellt sinnvolle Fragen und hat etwas Geheimnisvolles.

„Und warum jetzt ausgerechnet Sarajevo?", fragt ihn Selma.

Zwar hat er schon sehr viel vertrauliche Dinge erzählt, aber die wahren Beweggründe und den Blick auf sein verzweifeltes Leben will Benno nicht preisgeben.

„Und jetzt du!", fordert Benno Selma auf.

Selma ist 25 Jahre alt, Lebenskünstlerin und jobbt gelegentlich. Sie lebt in einer WG in Bamberg und wird finanziell von ihren Eltern über Wasser gehalten. Ständig fordern diese beruflichen Ergebnisse von ihr ein. Zwei abgebrochene Studien stehen bisher in ihrer Vita.

„Und dann haben sie mir mit 18 Jahren erzählt, dass mein Vater gar nicht mein Erzeuger ist. Irgendwie war es mir die letzten sieben Jahre auch scheißegal. Doch jetzt habe ich seit einiger Zeit so eine innere Unruhe. Ich denke, dass dies mit meinem leiblichen Vater zusammenhängt. Meine Mutter wollte erst nicht raus mit der Sprache, wo er abgeblieben ist. Ich habe dann so lange genervt, bis sie es mir endlich gesteckt hat. Er soll halt da unten in diesem Ort bei Karlovac wohnen."

Selma hat sich heimlich aus dem Staub gemacht. Da sie mal wieder wenig Geld zur Verfügung hat, kam sie auf die Idee, nach Kroatien zu trampen.

Die beiden setzen ihre Fahrt fort. Über die österreichische Autobahn geht es weiter Richtung Slowenien. Benno beginnt zu gähnen.

„Soll ich dich mal ablösen?", fragt Selma.

„Klar, warum nicht. Hast doch sicherlich einen Führerschein, oder?"

„Nö. Aber ich bin früher Trecker gefahren. So viel schneller fährst du ja auch nicht."

„Du bist Trecker gefahren? Wieso das denn?"

„Verarmter Landadel. Ich bin eine ‚von Dünkirchen'. Also mach' das nächste Mal einen Diener, wenn du mich begrüßt!"

Um die slowenische Maut zu umgehen, verlassen sie kurz vor der Grenze die österreichische Autobahn und fahren auf der Landstraße weiter. Es ist inzwischen schon dunkel geworden und Benno fährt im Blindflug durch die Nacht.

„Wir sollten uns so langsam mal nach einem Schlafplatz umschauen", findet Benno.

O, Gott, daran habe ich ja noch gar nicht gedacht, dass sie heute Nacht bei mir pennen wird, denkt Benno.

Sie erreichen Maribor, die zweitgrößte Stadt Sloweniens, und fahren durch die Innenstadt, durch Wohngebiete und an der Drau entlang, doch es findet sich keine geeignete Stelle. Als sie schon fast aufgeben wollen, entdecken sie einen Parkplatz vor einer Schrebergartenkolonie in Sichtweite eines Wohnblockes. Es ist zum einen ruhig hier und zum anderen nicht zu abgelegen.

Sie entrollen beide ihre Schlafsäcke und liegen wenig später nebeneinander auf der Gästematratze. Der Regen hat sogar mal aufgehört und somit hören die beiden jedes Geräusch, was von draußen kommt. Als sie beide schon fast eingeschlafen sind, bemerken sie, dass direkt neben dem Bus zwei Autos einparken.

Die neu angekommenen Fahrzeuginsassen kurbeln ihre Scheiben herunter und beginnen sich von Fenster zu Fenster unterhalten. Da die Autos zur fensterlosen Fahrerseite geparkt haben, können Benno und Selma nicht erkennen, was in den Autos vor sich geht. Anfänglich fühlen sich Benno und Selma nur in ihrer Nachtruhe gestört, doch dann wird es gefährlich.

Denn gerade als Benno mal aus dem Fahrerfenster schauen will, wird der Ton der geschätzten vier Insassen schärfer. Worüber sich die zwielichtigen Gestalten unterhalten, ist, angesichts nicht vorhandener Slowenisch-Kenntnisse der beiden nicht zu ermitteln. Benno zieht sich lieber wieder in seinen Schlafsack zurück und beschließt mit Selma, sich weiterhin ruhig zu verhalten.

„Bestimmt geht es da draußen um Drogen oder Waffen. Bloß nicht auffallen, sonst durchsieben sie unseren Bus und wir sterben im Kugelhagel", flüstert Benno Selma zu.

Selma erwidert nichts. Sie ist mucksmäuschenstill und robbt sich näher an Benno ran. Beide wagen es kaum, zu atmen. Benno müsste mal dringend pinkeln.

Die Auseinandersetzung wird immer lauter. Ein Wort ergibt das andere. Es ist Mitternacht. Entweder verbringt man jetzt seine Zeit in einem Club oder man schläft bereits. Hier muss es um was ganz Dickes gehen. Ausgerechnet vor diesem Bus muss sich die Unterwelt Maribors treffen und ihre Fehden austragen. Auf einmal wird es ruhiger. Die Beiden hören, wie die quietschenden Fensterscheiben wieder geschlossen werden und kurze Zeit später verlassen beide Fahrzeuge den Parkplatz.

Benno wartet noch fünf Minuten, bis er sich aus dem Bus traut. Endlich kann er seine Notdurft verrichten. Auf dem Weg zurück geht er zu der Stelle, wo sich die Autos der Gestalten befanden. Auf dem Boden liegen aufgerissene Tüten von Fußballsammelbilder, die hier vorher noch nicht herumlagen.

Na super, denkt Benno, wegen eines Streit um *Panini Bilder* hätte ich mir fast in die Hosen gemacht.

7.

„Komm' lass uns noch ein wenig durch Maribor schlendern, bevor wir weiterfahren", schlägt Selma am nächsten Morgen vor und verdeutlicht, wer hier die Reiseleitung hat.

„Von mir aus. Wenn wir schon mal hier sind."

Die Stadtbesichtigung fällt angesichts des miesen Regenwetters deutlich kurz aus. Stattdessen visieren sie zum Abschluss des Rundgangs den überdachten Wochenmarkt an der Drau an. Die Marktbeschicker sind schon im Begriff, ihre Stände zu schließen, als Selma noch einmal an fast jedem Stand zuschlägt und Obst und Gemüse einkauft.

„Was willst du denn mit all dem ganzen Kram?", fragt Benno.

„Ach so. Essen möchtest du nicht rein zufällig?"

„Doch. Aber das muss doch alles gekocht werden."

„Wirklich? Wie wolltest du dich denn während der Reise verpflegen? Schnitzel, Pommes, Salat am Fernfahrerstammtisch an der Raststätte oder wie?"

„Ja, ist ja gut. Ich hoffe, du übernimmst das Kochen."

„Da kannst du dir sicher sein. Du bist bestimmt schon froh, wenn du die Ravioli in der Dose warm bekommst."

Durchnässt und ein wenig durchgefroren geht es auf der Landstraße weiter, bis sie endlich gegen Mittag die kroatische Grenze erreichen. An der Grenzstation ist wenig los und wenig später befinden sie sich auf der mautpflichtigen Autobahn. Benno rechnet in Gedanken schon einmal aus, was ihn dieser Spaß am Mauthäuschen kosten wird.

„Wie heißt denn das, wo wir von der Autobahn herunterfahren müssen?"

„Vrbosko."

„Was?"

„Na, so heißt die Abfahrt."

Die Fahrt geht auf der gut ausgebauten Autobahn vorbei an Zagreb in Richtung Rijeka weiter. Die Gegend ist hier stark bewaldet und immer wieder zwingen extreme Steigungen Benno dazu, mal ein bis zwei Gänge herunter zu schalten. Die Wolkendecke ist ein wenig aufgebrochen und hin und wieder treffen ein paar Sonnenstrahlen auf die mächtigen Baumkronen abseits der Autobahn. Ansonsten ist hier eher der Hund begraben.

Gegen halb drei nachmittags kommt endlich die Abfahrt.

„Wo müssen wir jetzt hin?", fragt Benno.

„Da vorne an der Kreuzung rechts und dann wieder links", antwortet Selma mit der Landkarte in der Hand. Die Fahrt wird immer abenteuerlicher. Genauso schnell wie die Zivilisation auftauchte, verschwindet sie auch gleich wieder. Über nicht enden wollende Serpentinen und Korkeichenwälder erreichen sie eine weitere halbe Stunde später den Wohnort von Selmas Vater. Es ist ein kleines Dorf bestehend aus einer Schule, einem Bäcker und einem Laden.

„Und hier soll jetzt dein Papa wohnen?"

„Ja, wir müssen uns halt ein wenig durchfragen."

„Ich wusste gar nicht, dass du Kroatisch sprichst."

„Äh neee. Also wir müssen uns schon etwas einfallen lassen. Ich habe hier nur eine Adresse, wo man mal fragen kann. Keine Ahnung, ob der da auch wohnt", antwortet Selma.

„Na super. Ich freue mich jetzt schon drauf."

Benno hält den Bus an der besagten Adresse. Vorsichtig und abwartend steigen beide Insassen aus und gehen auf das zweistöckige Haus zu. Es liegt an der einzigen Straße, die einmal quer durch das Dorf geht. Der Bus löst in der Nachbarschaft bei den älteren Dorfbewohnern Neugierde aus.

Selma klingelt und wartet. Benno steht auf dem Treppenpodest neben ihr und mustert die Nachbarschaft. Selma klingelt noch weiteres Mal und noch einmal, aber die Tür geht nicht auf.

„Und nun?", fragt Benno.

Gerade als er diese Worte ausgesprochen hat, gehen im Nachbarhaus Jalousien hoch und ein älterer wohlbeleibter Herr schaut aus dem Fenster. In bester Else-Stratmann-Manier stützt er sich auf dem Fenstersims und wirft Selma und Benno Sätze auf Kroatisch zu. Die Beiden gehen einen Schritt auf das Fenster, welches sich im ersten Stock des Gebäudes befindet, zu. Sie zucken immer wieder mit den Schultern und wollen dem Herrn zu verstehen geben, dass sie wirklich überhaupt nichts verstehen. Doch davon lässt dieser nicht abbringen und redet in einer Tour weiter. Schließlich hat er ein Einsehen und schlurft zwei Minuten später durch seine Haustür ins Freie. Im gerippten Hemd, abgewetzten Puschen und Hosenträgern heißt er die Fremden willkommen.

Nachdem Selma mehrere Male den Familiennamen „Markovic" des Vaters und die Stadt „Bamberg" genannt und mit wilden Gesten unterstützt hat, fordert sie der alte Mann auf, mitzukommen. Er steuert auf den VW-Bus zu und setzt sich wie selbstverständlich auf den Beifahrersitz. Mit eindeutigen Handgesten lotst er Benno und Selma zu einem Wohnhaus etwas außerhalb des Dorfes. Die Beiden hoffen inständig, dort auf Leute zu treffen, die wenigstens Englisch sprechen können.

Doch die Hoffnungen erhalten kurze Zeit später einen herben Dämpfer. Statt lebhaften Austauschs auf Englisch oder dem Aufeinandertreffen mit dem Vater werden nur Familienfotos über dem Gartenzaun von der Mutter einer dreiköpfigen Familie gezeigt. Wer diese Leute sind und was sie mit Selma zu tun haben könnten, wird für immer ein Geheimnis bleiben. Frustriert steigen Selma und Benno wieder ein und fahren den alten Mann zurück zu seinem Haus. Sie verabschieden sich alle höflich voneinander und der Mann lächelt zum ersten Mal.

„Scheiße, was mache ich denn jetzt? Hier spricht doch keine Sau Englisch. Den Jüngsten, den ich hier gesehen habe, war 60 Jahre", ist Selma am Boden zerstört.

„Ich habe auch keine Ahnung. Ich weiß nur, dass ich jetzt was zwischen die Kiemen brauche."

Benno fährt ein kleines Stück Richtung Autobahn zurück und biegt vor dem großen Korkeichenwald auf eine Wiese ein. Hier ist wirklich weit und breit niemand zu sehen. Benno holt den alten Gaskocher heraus und Selma beginnt das Gemüse zu schneiden. Zum ersten Mal kommt bei Benno so etwas Ähnliches wie Urlaubsstimmung auf, doch Selma ist offenbar eher in die andere Richtung unterwegs.

Wortlos vertilgen sie ihre Gemüsepfanne und schauen apathisch auf die umliegenden bewaldeten Hügel. Beide sind erschöpft von den Tagesereignissen und beschließen die Nachmittagssonne auszukosten. Kurz bevor Benno einnickt, bemerkt er noch, wie Selma der erfolglose Besuch zu schaffen macht.

„Es wird dunkel. Wir sollten so langsam mal aufbrechen. Ich möchte nicht so gerne in der Dunkelheit diese miese Strecke bis zur Autobahn zurückfahren", schlägt Benno vor.

Sie machen sich auf den Weg, sind eine halbe Stunde später kurz vor dem Städtchen Vrbosko und steuern auf die Silhouette des Ortes zu. Von Weitem kann man gut den Kirchturm erkennen. An einer Kreuzung angekommen, erblickt Selma auf einmal ein Hinweisschild zum örtlichen Friedhof.

„Das wäre auch noch eine Möglichkeit", sagt Selma.

„Wie? Was meinst du?", antwortet Benno.

„Fahr' doch mal rechts zum Friedhof."

„Bist du dir sicher?"

„Ich glaub' ja nicht, dass er da liegt, aber wenigstens haben wir dann alles probiert."

Die Dämmerung hat schon eingesetzt, als die Beiden den VW-Bus auf dem Parkplatz abstellen und die Pforte zum terrassenförmig angelegten Friedhof öffnen. Sie beginnen die Reihen von unten nach oben zu durchkämmen.

„Wie heißt dein Vater mit vollem Namen?"

„Milan Markovic, geboren am 17.07.1966."

Selma und Benno müssen sehr genau schauen, da die Dämmerung das Entziffern der Zahlen und Buchstaben auf den teilwisse verwitterten Grabsteinen schwierig macht.

„Volltreffer! Hier schau mal: Milan Markovic und daneben noch mehr von der Sippe. Ich glaube, wir können wieder gehen", entfährt es Benno.

Selma bleibt wie angewurzelt und regungslos vor dem Grab stehen, während Benno schon den Rückweg zum Bus antreten möchte. Er bemerkt aber, dass Selma ihm nicht folgt und bleibt zehn Meter von ihr entfernt stehen. Nach zwei Minuten geht Selma wortlos an ihm vorbei und steigt in den Bus ein. Sie fahren wieder Richtung Vrbosko und sind auf Höhe der Kreuzung, wo Selma das Hinweisschild des Friedhofes erblickt hatte.

„Halt an!"

„Hier? Jetzt?"

Selma steht auf und geht nach hinten in den Laderaum. Sie schnappt sich den Rucksack, reißt die Schiebetür auf und steigt aus.

„Wo willst du denn hin?", ruft Benno ihr nach.

Selma kommt zum VW-Bus zurück und fängt an, Benno vom Bürgersteig durch das geöffnete Fenster anzuschreien.

„Wo ich hin will? Auf jeden Fall nur noch weg von einem pietätlosen und herzlosen Pisser wie dir! Schon mal darüber nachgedacht, dass das ein Schock für mich ist, dass mein leiblicher Vater, den ich nie gekannt habe, mit dem ich nie ein einziges Wort wechseln konnte und es nie im Leben mehr tun kann, da unten neben meiner, ich zitiere, Sippe liegt. Fuck you!"

Selma entfernt sich schnellen Schrittes, rennt so schnell wie möglich durch die Hauptstraße des Ortes und ist dann in der inzwischen herrschenden Dunkelheit verschwunden.

Benno sitzt wie versteinert hinter dem Lenkrad und erst ein hinter ihm hupendes Auto lässt ihn halbwegs wieder in der Realität ankommen.

Weiber! Woher soll ich denn wissen, wieviel ihr an dem Typen liegt. Sie hat ihn doch noch nie gesehen oder mit ihm telefoniert. Was soll's? Weiter wäre sie sowieso nicht mit mir mitgefahren, denkt Benno und fährt mit einem unguten Gefühl weiter. Er kommt aber nur einige Kilometer weit und bleibt dann auf dem Parkplatz einer Autobahnraststätte stehen, um die Nacht dort zu verbringen. Nun ist Benno wieder einmal allein.

8.

Es ist 23.00 Uhr. Seit einer Stunde versucht Benno einzuschlafen, aber es gelingt ihm einfach nicht. Zu sehr muss er an Selma und ganz besonders an sein gefühlloses Verhalten denken. Er bereut zutiefst, was er gegenüber Selma von sich gegeben hat und wälzt sich von einer Seite auf die andere. Es nützt nichts. Der Frust muss raus. Benno schmeißt sich wieder in seine Klamotten, reißt die Schiebetür des Busses weit auf und steuert auf die durchgehend geöffnete Tankstelle zu.

Er holt sich seine Skatration: vier große Bier und vier Schnaps. Nur mit dem Unterschied, dass das Weizenbier, normales Bier und der *Boonekamp*, Sliwowitz ist, ein starker Obstbrand aus Pflaumen. Da er in seinem Bus eine gewisse Enge verspürt und es da drinnen auch noch stockfinster und ungemütlich ist, beginnt er, auf dem Bordstein vor seinem VW-Bus aufzutanken. Benno will einfach nur vergessen.

Wer weiß, was noch daraus geworden wäre, spukt es Benno im Kopf herum. Er hatte sich nicht wirklich Chancen ausgerechnet, aber allein schon, dass sich so eine Sahneschnitte überhaupt auf ihn eingelassen hatte. Auch wenn es nur freundschaftlicher Natur war. Jetzt ist niemand mehr da. Selbst sein großes Ziel Sarajevo ist für einen Augenblick in den Hintergrund gerückt.

Benno reißt sich die erste Büchse Bier auf und prostet sich selbst zu.

„Auf dich, Klotz! Alter Versager."

In seiner Stimme mischen sich Selbstmitleid und Verzweiflung.

„Auf einem Bein kann man nicht stehen", fährt Benno fort, kurbelt den Verschluss des Sliwowitz-Flachmanns auf und stürzt den klaren hochprozentigen

Schnaps in einem Zug hinunter. Benno muss nach der Einnahme des nach Medizin schmeckenden Getränks ein wenig würgen, doch dann macht sich endlich eine zufriedene Leere in seinem Gehirn breit. Die Zweifel und schlechten Gedanken verblassen allmählich.

Benno fühlt sich wieder ein wenig stärker und aufgrund der beruhigenden Wirkung des ersten Bieres und des ersten Sliwowitzes wiederholt Benno diese Prozedur.

Nach dem zweiten Gedeck hat er schon alles so gut wie vergessen, was sich wenige Stunden zuvor ereignete. Er hat jetzt richtig einen sitzen und nimmt seine Umgebung wie ein Kurzsichtiger ohne Brille wahr. Es folgt das dritte Bier und der dritte Schnaps. Benno torkelt in Richtung der Autobahntoiletten. Nachdem er erfolgreich in das Urinal gezielt und seine Hose unfallfrei geschlossen hat, widmet er sich nunmehr auf einem Bordstein in Sichtweite der Zapfsäulen Bier und Schnaps Nummer vier. Sein Blick ist nach unten gesenkt. Der Sliwowitz hat einen faden Geschmack hinterlassen. Benno rotzt immer wieder auf den Boden, bis sich schon ein kleiner See zwischen seinen Beinen gebildet hat.

Obwohl auf der Tankstelle überhaupt nichts los, nimmt Benno noch nicht einmal das Fahrzeug mit den beiden Insassen wahr, was auf Höhe der Zapfsäulen angehalten hat. Die Beifahrertür wird von innen aufgestoßen und eine junge Frau entsteigt wutentbrannt.

„Du perverses Schwein! Sei froh, dass ich dich nicht anzeigen kann", schreit die junge Frau den männlichen Fahrer an, der mit quietschenden Reifen die Tankstelle verlässt. Die Frau bleibt noch eine Weile stehen und streckt als Zeichen eines Abschiedsgrußes den Mittelfinger in die Höhe. Dann beginnt sie, sich langsam dem Häufchen Elend zu nähern.

„Ach, du Scheiße.", entfährt es der jungen Frau. Es ist Selma, die nun direkt vor Benno steht.

„Selma", lallt Benno wie ein schüchternes Rehkitz. Mehr bringt er nicht zustande.

„Mann, du bist ja voll wie tausend Russen. Was trinkst du da überhaupt für ein Zeug? Sliwowitz? Respekt. Ich hoffe, du hast Kopfschmerztabletten eingepackt. Könnte ein lustiger Tag für dich morgen werden. So, und nun sieh zu, dass du in die Heia kommst!"

Benno rappelt sich vom Bordstein hoch und wird von Selma unterstützend zum Bus gebracht. Wenige Meter davor kann Benno nicht mehr an sich halten und verschönert die Umgebung mit einer stattlichen Straßenpizza.

„Na super. Das auch noch. Was für ein geiler Tag. Wenigstens reiherst du nicht den Bus voll. Das war es doch hoffentlich, oder?", schnauzt Selma Benno an.

Zur Sicherheit darf Benno heute auf dem Beifahrersitz schlafen, während sich es Selma auf der Matratze gemütlich macht. Schon nach einer Minute ist Benno im Reich der Träume angekommen.

Der nächste Tag beginnt für Benno mit pochenden Kopfschmerzen und einer Menge Durst. Er wundert sich über seine momentane Position in seinem Bus.

Was zum Henker mache ich auf dem Beifahrersitz, fragt er sich. Reflexartig dreht er sich um und ist enttäuscht, dass die Matratze leer ist.

„Scheiße. War doch nur ein Traum. Und ich Hornochse dachte, Selma wäre wieder aufgetaucht."

Sofort fühlt er sich noch ein wenig schlechter. Ihm ist speiübel und er müsste dringend etwas essen. Er verharrt aber weiterhin auf dem Beifahrersitz und schließt wieder die Augen.

Plötzlich geht die Beifahrertür auf.

„Frühstück. Aber bitte nicht gleich wieder alles auskotzen!"

Es ist Selma, die mit Kaffee und Croissants vor ihm steht. Benno würde sich jetzt gerne freuen, doch sein körperlicher und geistiger Zustand befinden sich noch im Delirium.

„Mir platzt gleich die Birne. Ich glaube, ich bekomme noch gar nichts runter."

„Du musst aber was essen. Hier nun nimm' schon!"

Ohne jeglichen Appetit stopft Benno sich das Croissant hinein und nippt am viel zu heißen Kaffee. Nachdem wortlosen Frühstück erwachen bei Benno langsam wieder die Lebensgeister.

„Wie bist du eigentlich hierhergekommen, Selma? Das ist doch gar nicht deine Richtung. Oder willst du doch weiter in den Süden?"

„Scharf kombiniert. Nach deiner einfühlsamen Vorstellung musste ich mich ja um eine neue Mitfahrgelegenheit kümmern. Nachdem du endlich aus der Stadt verschwunden warst, habe ich mich Richtung Autobahn aufgemacht. Dann hielt auch schon bald ein Typ und meinte, er fährt Richtung Norden, also in meine Richtung. Ich wollte ja wieder zurück nach Deutschland. Dann habe ich aber festgestellt, dass er in die andere Richtung fuhr. Ich habe ihn gefragt, was der Scheiß soll, aber er hat nicht geantwortet. Dann habe ich ihn so lange angeschrien, bis er mich hier auf der Raststätte abgesetzt hat. Und nun bin ich hier."

„Krass. Und nun?"

„Obwohl du ein Arschloch bist, würde ich dich gerne weiter begleiten. Ich habe keine Lust mehr, wieder nach Deutschland zurückzufahren. Wer weiß, was für notgeile Typen ich noch beim Trampen begegne. Von dir geht da ja keine Gefahr aus. Du bist ja immer so sternhagelvoll, da rührt sich doch eh nichts mehr."

„Sehr witzig. Von mir aus, kannst du wieder mitfahren. Aber wir machen keine Verwandschaftsbesuche mehr. Tut mir leid, dass ich das gesagt habe."

„Was denn?"

„Na, du weißt schon."

„In den Bus habe ich dich heute Nacht auch noch gebracht. Der Kotzfleck da vorne ist übrigens von dir."

„O, Mann. Das hat aber auch gestern bei mir geklingelt."

Benno ist trotz der widrigen geistigen Umstände froh, dass Selma wieder an Bord ist. So langsam müssten sie mal wieder weiterfahren. Benno braucht noch unbedingt ein paar Urlaubsschnappschüsse von der Adria für die Kumpels zu Hause.

„Kennst du einen schönen Ort an der Adria?", fragt Benno.

„Nee, aber lass uns doch mal auf die Karte gucken. Hier, schau mal! *Starigrad-Paklenica*. Das ist der erste größere Ort, wenn man von der Autobahn runterfährt."

„Was? So weit noch fahren? Die anderen Orte hier sind doch viel näher?"

„Aber da müssen wir doch mitten durchs Gebirge. Möchtest du heute mit deinem dicken Schädel Serpentinen fahren?"

„Von mir aus kannst du heute auch fahren. Ich weiß nicht, was hier schlimmer bestraft wird. Fahren mit Restalkohol oder Fahren ohne Führerschein."

„Na, dann lass uns mal los!"

Sie fahren zwei Stunden über die Autobahn und erreichen nach einer endlos langen Fahrt durch den

Tunnel *Sveti Rok* die Adriaküste. War es in den höheren Lagen auf der Autobahn noch regnerisch und kalt, so präsentiert sich die Küste mit viel Sonne, blauem Himmel, aber auch einem kräftigen Wind von seiner strahlenden Seite. Es ist früher Nachmittag und die Beiden kaufen in einem Supermarkt ein paar Lebensmittel für die nächsten Tage ein.

„Wollen wir nicht einfach einen Campingplatz ansteuern? Ich brauche sowieso WLAN, wenn ich meine Alibi-Fotos verschicken will", fragt Benno.

„Klar. Wenn du bezahlst? Ich hab' nicht mehr viel Kohle."

Benno und Selma cruisen durch den langgestreckten Ort *Starigrad-Paklenica* und sind von keinem der dortigen Plätze überzeugt. Sie fahren vier bis fünf Kilometer aus dem Ort raus und treffen auf die kurven- und felsenreiche Küstenstraße. Von hier aus kann man auf die untenliegenden Grundstücke schauen. Mit einer kleinen Vollbremsung bleibt Selma, die tatsächlich am Steuer ist, vor einem urigen Campingplatz stehen.

„Der sieht doch kuschelig aus", frohlockt Selma.

„Dann mal nichts wie rauf da. Ich habe keinen Bock mehr hier weiter rumzukurven."

9.

Selma biegt von der Straße ab und fährt eine S-Kurve hinab, bis sie vor der Rezeption des Platzes stehen bleiben. Es ist ein sehr kleiner Campingplatz mit vielleicht zehn Plätzen für Campingbusse und noch einmal zehn Plätze für Zelte direkt darunter. Da gerade Nebensaison ist, können sie sich den besten Platz am hinteren Ende aussuchen. Von hier führt nicht nur ein direkter Weg zu einer Badeplattform zum Meer, sondern man kann, auch ungestört und abseits der anderen Camper, seine Privatsphäre genießen.

Endlich kann Benno seinen Koffer mit der Campingtischkombination auspacken und macht sich gleich an die Arbeit, das Ungetüm aufzustellen. Nachdem er sich mehrere Finger eingeklemmt hat, kommt ihm Selma zu Hilfe.

„Das kann ich mir ja gar nicht mit ansehen. So, jetzt noch dies ausklappen und dann können wir endlich drauf sitzen. Zeig mir mal deine Finger! Sind noch alle dran?"

Benno streckt Selma die Finger entgegen und sie tastet langsam und behutsam seine Finger ab. Benno genießt jede einzelne Berührung und würde dieses Doktorspielchen am liebsten den ganzen Tag fortsetzen.

„Na, das ist ja doch nicht so schlimm. Du wirst es wohl überleben. Komm' lass uns ins Meer hüpfen!", schlägt Selma vor.

„Aber du hast doch gar keine Badesachen mit."

„Du doch auch nicht. Nun stell dich mal nicht so an! FKK ist in Kroatien doch nichts Schlimmes. Na los!"

Wenig später laufen beide die Treppe zum Badeplateau hinunter. Als sie unten ankommen, zieht Selma gleich blank und springt in die nahezu glatte See. Benno ist ein wenig irritiert und kippt fast um, als er sich aus seiner Hose schält. Dann springt auch er ins kühle Nass. Die Beiden tollen im Wasser herum und genießen die Erfrischung nach den Strapazen der Vergangenheit. Selma ist auch wieder die Erste, die aus dem Wasser steigt. Benno versucht dabei mit einem heimlichen Blick möglichst viel von ihrem Körper zu erhaschen, der aber kurze Zeit später in einem Handtuch eingehüllt ist.

„Ich gehe duschen. Wir sehen uns am Bus", verabschiedet sich Selma.

Benno bleibt noch ein wenig im Wasser und denkt noch einmal über den Tag nach. Dabei schaut er Selma hinterher, die noch ein paar Sachen aus dem Bus holt und danach im Sanitärgebäude verschwindet. Er ist heilfroh, sie wieder an seiner Seite zu haben. Bei ihr fühlt er sich sicher und es ist herrlich, nicht die ganze Zeit nur allein zu sein. Dann verlässt auch er das Wasser und geht ebenfalls duschen.

Am Abend machen sich die Beiden einen kleinen Snack. Benno hat zwei große Flaschen Bier von der Rezeption des Campingplatzes geholt, die er auf den Campingtisch stellt. So richtig ist ihm noch nicht wieder nach Alkohol, aber etwas Passenderes für den bevorstehenden Sonnenuntergang gab es leider nicht. Selma quetscht sich zu Benno auf die Bank, damit sie auch den leuchtenden Horizont bewundern kann. Sie sitzt jetzt ganz nah neben ihm und Bennos Herz beginnt schneller zu schlagen. Auch seine Hände werden langsam feucht. Selma schaut währenddessen gedankenverloren auf das Meer und stößt einen tiefen Seufzer aus. Benno ist der Situation irgendwie nicht gewachsen. Er wackelt unruhig auf der Bank herum und vor lauter Schüchternheit nuckelt er ständig an seiner Bierflasche, bis sie auch schon wieder leer ist.

„Möchtest du auch noch ein Bier, Selma?"

„Was? Nein, ich habe gerade doch erst das hier aufgemacht. Hast du etwa schon ausgetrunken? Sei vorsichtig. Sonst nimmt es wieder ein schlimmes Ende mit dir."

Benno steht mit leichten Schweißtropfen auf der Stirn auf und geht noch einmal die etwa 100 Meter zur Rezeption, um sich noch ein Bier zu holen. Er lässt sich Zeit, um sich wieder sammeln zu können. Als er wieder zum Tisch zurückkommt, setzt er sich auf die andere Seite vom Tisch.

Selma blickt immer noch apathisch auf das sonnengetränkte Meer und bemerkt Benno so gut wie gar nicht.

Ach herrlich, sagt Selma, auch wenn du mir gerade die Hälfte der Sicht nimmst. So ein schöner Ausblick. Ich könnte hier stundenlang sitzen.

Benno ist froh, dass er wenigstens die Klappe gehalten und nicht Selmas Stimmung versaut hat. Ach, hätte er ihr doch wenigstens beigepflichtet oder etwas Romantisches von sich gegeben. Wer weiß, was noch passiert wäre. Aber erstens ist er einfach nicht der Typ für solche Situationen und zweitens macht ihm noch der gestrige Brand zu schaffen. Auch das zweite Bier stürzt er innerhalb von nicht mal fünf Minuten hinunter und verabschiedet sich nach Einbruch der Dunkelheit in den Bus.

Am nächsten Morgen wird erst einmal lange ausgeschlafen. Erst als die Spätsommerhitze in den Bus kriecht, raffen sich beide hoch und frühstücken.

„Wir müssen noch ein paar Bilder machen, bevor wir weiterfahren", sagt Benno.

„Ach, nun mal langsam. Ist doch total schön hier. Lass uns doch noch ein paar Tage bleiben!"

„Ich will aber noch nach Sarajevo. So lange können wir hier nun auch nicht abhängen."

„Nun entspann' dich. Da kommen wir auch noch hin. Vertrau' mir!"

Seltsamerweise löst dies tatsächlich eine Beruhigung bei Benno aus. Warum sollte er sich denn einen Kopf machen? Die Sonne scheint, er hat ein schönes Plätzchen und eine atemberaubende Frau an seiner Seite. Lange Beine und eine knackige Figur lassen das Herz eines Durchschnittstypen wie ihn höherschlagen. Benno hat seinen Kater endgültig auskuriert und fühlt sich prächtig. Beide wiederholen die Prozedur vom Vortag und planschen wieder nackend und noch ausgelassener als gestern im Meer. Beim anschließenden Sonnenuntergang hat Benno sich auch besser unter Kontrolle. Statt Bier gibt es heute Abend Rotwein, der beiden nach Leerung der Flasche schon ein wenig in den Kopf gestiegen ist. Mittlerweile ist es dunkel und der Wind hat merklich aufgefrischt.

„Mir ist kalt. Komm' wir gehen in den Bus und quatschen da weiter", schlägt Selma vor.

Dort ist es wesentlich wärmer und Selma zieht ihren leichten Pullover und ihre kurzen Shorts aus. Sie trägt jetzt nur noch ihre Unterwäsche, weshalb Benno sich bemühen muss, sich nicht zu einem Sabbern hinreißen zu lassen. Er selbst ist ebenfalls nur mit T-Shirt und Unterhose bekleidet. Beide lassen sich auf die Matratzen nieder und liegen auf dem Bauch nebeneinander.

„Weißt du eigentlich, warum ich ausgerechnet dich auf der Raststätte angesprochen habe?", fragt Selma.

„Weil ich so ein hammergeiler Typ bin?"

„Fast. Ich dachte, der Typ, der ist bestimmt so harmlos, der geht dir bestimmt nicht an die Wäsche. Da kannst du beruhigt einsteigen."

„So, so." Benno weiß nicht, was er sagen soll. Er fühlt sich auch nicht gerade männlich in dieser Situation.

„Aber inzwischen glaube ich, dass du bestimmt gar nicht so unschuldig bist, wie du immer tust. Du hast bestimmt Einiges auf dem Kerbholz. Stille Wasser sind tief. Und dreckig."

Selma wendet sich Benno immer mehr zu. Ganz langsam robbt sie sich näher an Benno heran. Gleichzeitig hört man draußen immer mehr den Wind pfeifen.

„Ich habe dich heute im Wasser genau beobachtet. Meinst du nicht, ich habe deine Blicke nicht bemerkt? Und deinen kleinen Ständer unter Wasser. Na ja, so klein war der auch nicht."

„Ach, du übertreibst doch. Ich habe mir nur genau angeschaut, mit wem ich es hier die ganze Zeit zu tun habe."

„Und hat's dir gefallen, was du gesehen hast?"

„Ja, durchaus." Benno merkt, dass die Situation allmählich aus dem Ruder laufen könnte. Das hätte er sich nicht mal in seinen kühnsten Träumen ausgemalt. Er ist wie elektrisiert.

„Möchtest du mehr sehen? Also, nicht nur unter Wasser. Oder mal anfassen?"

Benno will. Benno will unbedingt. Auch er nähert sich Selma immer weiter. Bereit, sie zu berühren und noch viel mehr. Wie viel mehr, weiß er noch nicht, aber er plant den Angriff. Er will sie erobern und ihr zeigen, dass er kein bisschen harmlos ist. Gerade als er die Abteilung Attacke in seinem Hirn aktiviert, wird die Schiebetür des Busses aufgerissen.

„Weg hier. Weg hier. Die Bora. Die Bora kommt. Eure Möbel gleich weg."

Es ist der Campingplatzbesitzer, der in die aufgeheizte Szene hineinplatzt.

„Wer zum Teufel kommt?", fragt Benno entgeistert.

„Die Bora. Sturm. Sehr großer Sturm. Fliegt alles weg. Bus. Du und deine Frau. Alles weg. Da hinten parken. Nicht hier, sonst weg. Los, schnell."

O, Mann. So eine Scheiße. Ausgerechnet jetzt. Verdammter Sturm, denkt Benno.

Die Beiden schmeißen erst einmal alle Sachen, die sich draußen befinden, in den Bus und parken dann in einem sicheren Bereich. Benno fühlt sich mit einem Mal wieder ganz klar. Der Himmel voller Geigen hat sich verdunkelt. Auch Selma hat sich wieder ihre Klamotten übergezogen und ist zur Tagesordnung übergegangen. Nachdem das Manöver erledigt ist, schlüpfen beide wortlos und windzerzaust in ihre Gemächer. Draußen bläst ein starker Sturm über die Adria.

10.

Wie soll ich denn jetzt bloß ordentliche Fotos machen, fragt sich Benno kurz nach dem Aufwachen und versucht wieder zur Tagesordnung überzugehen. Die Bora wütet immer noch und an einem längeren Aufenthalt dort draußen ist vorerst nicht zu denken.

„Wie lange soll es denn noch so stürmisch bleiben?", fragt Selma, die inzwischen auch aufgewacht ist und sich gerade auf der Matratze aufrichtet.

„Ich habe keine Ahnung. Ich werde nachher mal zur Rezeption gehen. Vielleicht wissen die was Genaueres. Oder ich schau mal auf der Wetter-App. Die haben da vorne ja WLAN."

Keiner von ihnen geht auf die pikante Situation vom Vorabend ein.

Nach dem Frühstück verschwindet Benno Richtung Rezeption und kehrt nach einer halben Stunde mit einem mürrischen Gesicht wieder zurück.

„Die wissen auch nicht, wie lange das hier noch so bleibt. Es kann heute Nachtmittag vorbei sein, aber auch erst in zwei Tagen", weiß Benno zu berichten.

„Dann lass uns doch gleich weiter nach Sarajevo fahren", schlägt Selma vor.

„Habe ich auch geschaut. Da ist für die nächsten vier Tage Dauerregen angesagt. Das beste Wetter ist eher hier so zu erwarten."

Benno zeigt auf eine Gegend um die Plitvicer Seenplatte im Landesinneren von Kroatien, in der Nähe der Grenze zu Bosnien.

„Da willst du hin? Da ist doch voll Touri. Schau mal auf die andere Seite der Grenze. Da ist auch ein Nationalpark. Ist bestimmt viel interessanter und auch billiger."

„Ja egal. Hauptsache erst einmal weg von hier. Der Sturm, also diese verdammte Bora, geht mir richtig auf die Nerven."

Da schon in der vergangenen Nacht bereits sämtliche Utensilien im Bus verstaut waren, dauert es nicht lange, bis sich Selma und Benno wieder auf die Weiterreise machen. Benno knipst noch einmal schnell ein paar Schnappschüsse von der Küste und sendet diese an Spargel und Dr. Döner. Als Untertitel fügt er noch: „Nur Scheißwetter hier. Das erste und das letzte Mal, dass ich Urlaub mache." zu den Fotos hinzu und dann sind die Beiden auch schon wieder auf dem Weg Richtung Bosnien.

Je weiter sie ins Landesinnere kommen, desto mehr lässt der Sturm nach. Die erste Zeit orientieren sie sich an den Hinweisschildern zum Nationalpark Plitvicer-Seen, doch als sie eine andere Route einschlagen müssen, wird die Gegend immer abgeschiedener und die Straßen immer schlechter.

„Hast du das Straßenschild eben gesehen?", fragt Benno.

„Nee, was stand denn da drauf?"

„Dass du nur 20 km/h fahren darfst."

„Ja und? Ist doch nichts Ungewöhnliches."

„Das stimmt. Aber leider gilt das Tempolimit für die nächsten 28 Kilometer. Ich werde mich aber nicht daran halten", verkündet Benno mit entschlossener Miene.

Er beschleunigt auf satte 30 km/h, sieht aber dann nach zwei Kilometern ein, dass das Tempolimit hier weit und breit sowieso keinen interessiert und fährt mit normaler Geschwindigkeit weiter.

Sie quälen sich weiter durch menschenleere Dörfer, weit ausladende Täler und von Bäumen gesäumte

Serpentinen, bis sie endlich die bosnisch-kroatische Grenze erreichen, die auf einigen Höhenmetern liegt. War die Fahrt auf der kroatischen Seite so aufregend wie ein alkoholfreies Bier, so ist die Passage ab der Grenze ein regelrechter Landschaftscocktail.

Zur rechten Seite erheben sich die mächtigen bewaldeten Berge. Direkt hinter der Leitplanke liegt die Schlucht mit der tief unten fließenden Una. Und auch sonst erscheint hier alles ein wenig lebendiger und lebensfroher. So, allmählich knurren die Mägen, doch eine Ortschaft mit einem kleinen Laden lässt auf sich warten. Zwar ist die Kühlbox noch gefüllt, doch keiner der Beiden hat offenbar Lust, zu kochen oder Schnittchen zu schmieren.

„Schau mal da vorne! Da ist eine Gaststätte", ruft auf einmal Selma. „Ich lade dich ein."

„Aber du bist doch sowieso schon knapp bei Kasse", entgegnet Benno verdutzt.

„Na ja. Du hast ja schon genug für mich getan. Da kann ich mich auch mal revanchieren."

Benno parkt den Bus und sie gehen gemeinsam durch das Tor auf das große Anwesen. Es besteht nicht nur aus dem Restaurant, sondern besteht auch noch aus einem Hotel und einem kleinen Bauernhof. Da es mittags und mitten in der Woche ist, sind gerade einmal zwei Tische besetzt. Sie setzen sich an einen schönen Holztisch auf der überdachten Terrasse. Die *Una* plätschert in Sichtweite und rundherum herrscht die pure Idylle.

Sie kommen direkt in den Genuss der bosnischen Gastfreundschaft, bestellen gegrillte Forelle und trinken zum Nachtisch den typisch bosnischen Kaffee der, wie sonst in orientalischen Ländern üblich, in einer Kupferkanne serviert wird. Gerade als Benno an seinem

Koffeingetränk nippt, nimmt er im Hintergrund die Anwesenheit dreier in Burka gehüllte Frauen wahr. Auf der einen Seite sieht es durch den Bauernhof, dem klaren Gebirgsfluss und den umliegenden Berge alles wie in Österreich aus. Auf der anderen Seite trinken sie orientalischen Kaffee und betrachten verschleierte Frauen.

Nach dem Mittagessen beschließen beide noch einen kleinen Spaziergang an der *Una* zu machen. Sie schlendern an dem mit Holzbohlen versehenen Ufer entlang, bis ihnen plötzlich eine Art Labrador entgegenkommt. Der Hund wirkt sehr lieb und Selma fängt an ihn zu streicheln.

„Sei bloß vorsichtig! Der hat doch bestimmt eine ganze Ladung Flöhe an Bord. Eine Marke hat er auch nicht. Ganz bestimmt so ein Straßenköter", merkt Benno an.

„Du liebst ja offensichtlich Tiere, oder?"

„Ich hatte nie ein Haustier und ich werde auch niemals eins haben."

„Nur, weil ich ihn streichele, heißt es ja nicht, dass ich ihn gleich mitnehme."

„Ist ja gut. Du kannst dich ja noch um den kleinen Waldi hier kümmern. Ich werde mich hier ein wenig umschauen", verkündet Benno mit staatstragender Miene.

„Dann treffen wir uns am Bus. Ich habe sonst ja den Ersatzschlüssel."

„Sehr schön. Dann bis später!"

Benno entfernt sich von Selma und dem Hund und erkundet noch ein wenig die Umgebung. Er geht weiter an dem Fluss entlang und genießt die Einsamkeit. Endlich kommt er mal dazu, die gestrigen Ereignisse zu verarbeiten.

Mein Gott, was wäre alles noch passiert, wenn dieser dämliche Sturm nicht gewesen wäre. Und nun? Nichts lässt darauf schließen, dass sich das wiederholen könnte. Mist, ärgert sich Benno.

Er tigert noch eine halbe Stunde am Fluss entlang, bis er wieder zum Bus zurückkehrt. Selma sitzt bereits auf dem Beifahrersitz.

„Na, du hast es ja eilig, dass es weitergeht. Konntest du dich von der Flohschleuder überhaupt trennen?", fragt Benno.

„Nun fahr schon los. Wir müssen ja auch noch einen Platz zum Übernachten finden."

Benno setzt den Bus in Bewegung und fährt weiter in den Nationalpark. Auf einer großen Übersichtskarte konnte er während seines Spazierganges einen Campingplatz direkt an der Una ausfindig machen, der ungefähr eine dreiviertel Stunde entfernt ist. Das nächste Dorf ist von dort auch nicht weit.

„Findest du nicht auch, dass Bosnien so einen ganz eigenen Geruch hat? Seitdem wir von der Gaststätte weg sind, hat sich das irgendwie geändert. Ich hätte eher eine klarere Luft erwartet, aber stattdessen riecht es hier ein bisschen muffig. Als ob die jetzt schon alle ihre Öfen anhaben und die mit Braunkohle befeuern. So wie früher in der DDR", mutmaßt Benno.

„Ja? Kann sein. Ich bin auch ein wenig enttäuscht. Da fährt man so weit und dann so was. Wie weit ist es denn noch bis zum Campingplatz?"

„Wir sind gleich da."

Sie erreichen den Campingplatz mit einer großen Wiese und einem kleinen Restaurant direkt am Fluss. Auch hier ist wenig Betrieb. Gerade mal ein weiterer Campingbus hat hier seinen Anker geworfen. Benno sucht sich einen geeigneten Übernachtungsplatz und parkt das Gefährt mit Ausblick auf das fließende Gewässer.

Voller Tatendrang steigt er aus, geht auf die andere Seite des Busses und reißt die Schiebetür auf.

„Was ist das denn? Du hast doch nicht etwa den Wadenbeißer mitgenommen? Ach du Scheiße!" Benno ist entsetzt und schnauzt Selma und den Hund weiter an: „Und nun? Soll der jetzt überall hin mitfahren oder wie hast du dir das vorgestellt? Der lag die ganze Zeit auf unserer Matratze. Ich freue mich jetzt schon auf die Flöhe!"

„Du hättest doch Nein gesagt, wenn ich dich gefragt hätte. Ich habe dann einfach Nägel mit Köpfen gemacht."

„Ach so nennst du das also. O, Mann."

Benno ist immer noch außer sich und geht ein paar Schritte, bis er auf einer Picknickbank Platz nimmt. Er verharrt dort ein paar Minuten wort- und regungslos wie unter Schock. Selma hat derweil den Hund herausgeholt und krault ihn ausgiebig. Dann kehrt Benno ein wenig aufgeräumter zum Bus zurück. Er wendet sich Selma zu, die an der Ladekante der Schiebetür Platz genommen hat.

„Ich melde dich, mich und den Köter mal an der Rezeption an. Ich brauche jetzt erst einmal ein Bier und einen Schnaps. Wir sehen uns heute Abend."

11.

Wie angekündigt steuert Benno die Rezeption an und erledigt die Formalitäten. Schon beim Eintreten in den kleinen Saal, der gleichzeitig als Restaurant und Anmeldung dient, wird er vom Besitzer freudig und herzlich begrüßt. Nachdem Benno kurz geschildert hat, woher er kommt, brechen beim Gastgeber alle Dämme.

„Hamburg? Ich dort gearbeitet. Während Krieg. Komm, hinsetzen. Wir anstoßen", sprudelt es aus dem Mittfünfziger nur so heraus. Benno lässt sich dies auf jeden Fall nicht zweimal sagen. Selma wird heute Abend sicherlich mit dem Hund beschäftigt sein. Eine Wiederholung der gestrigen Nacht ist daher nicht zu erwarten. Der Gastgeber kommt mit zwei Bieren und einer Flasche Sliwowitz wieder. Sie setzen sich zu zwei ähnlich älteren Männern auf die große Eckbank mit Tisch. Über dem Ensemble thront ein großer Flachbildschirm, wo gerade die bosnische Ausgabe vom *Supertalent* läuft.

Das ist ja hier wie bei Spargel. Fehlt nur noch, dass er die Karten herausholt, denkt Benno mit einer leichten Zufriedenheit.

Der herzliche Gastgeber stellt sich als Nenad vor. In seiner Landessprache teilt er seinen Zechbrüdern mit, dass Benno aus Hamburg stammt.

„Zivjeli. Auf Hamburg!", prostet Nenad Benno zu, der wie die anderen drei den klaren Schnaps in einem Zug hinunterstürzt. Benno hätte Schlimmeres erwartet, doch er meistert die erste Hürde dieses Abends. Da hatte der Schnaps auf der Raststätte doch einen größeren Kollateralschaden hinterlassen. Die vier Männer sind unter sich. Benno erfährt, dass Nenads Frau übers Wochenende nach Sarajevo zu ihrer Familie gefahren ist. Nenad hat sozusagen sturmfreie Bude und dies lebt er auch aus. Immer wieder geht er zum Laptop, der mit den großen Boxen verbunden ist, und wählt Balkan-Rock der übelsten Sorte aus. Lautstark beschallt er somit sich und seine Gäste. Ab und zu lässt sich Nenads Tochter, Danuta, am Tresen blicken, wenn Benno sich das nächste Bier bestellt. Doch ansonsten besteht der Abend aus dem hastigen Leeren der nicht gerade kleinen Gläser, ausgiebigem Gequarze und anregenden Gesprächen, wobei Benno mangels nicht vorhandener Sprachkenntnisse außen vor bleibt.

Benno lehnt sich zurück und lauscht dem Stimmengewirr. Hin und wieder wendet sich Nenad Benno zu, aber leider versteht Benno von den Brocken Deutsch viel zu wenig. Er erfasst gerade mal, dass Nenad in Hamburg-Harburg gewohnt und gearbeitet hat und dass er nicht viel von der Stadt gesehen hat, obwohl er fünf Jahre lang dort war.

Benno ist es heute Abend aber auch ziemlich egal. Er ist umgeben von freundlichen Leuten, einer Menge Schnaps und gutschmeckendem Bier. Er weiß aber auch, dass er sich auch ein wenig zusammenreißen muss. Nicht noch einmal möchte er sich so gehen lassen wie auf der Raststätte.

Mit seinem Skatpensum, vier Bier und vier Schnaps verabschiedet sich Benno schließlich nach drei Stunden wieder von seinen neuen Freunden und macht sich zum Bus auf. Von draußen sieht er noch ein kleines Licht im Bus brennen. Benno öffnet vorsichtig die Schiebetür und lugt hinein. Der Hund hat am Fußende Platz genommen und Selma liest noch ein wenig.

„Na? Die Anmeldung hat ja lange gedauert. Musstest du so viele Formulare ausfüllen?", fragt Selma ironisch.

„Ich habe doch gesagt, dass ich noch etwas trinken gehe", pflaumt Benno zurück.

„Na ja. Immerhin hast du es ohne meine Hilfe zurück geschafft. Und jetzt pass auf. Nicht, dass du auf Alwin torkelst."

„Alwin? Heißt so jetzt die Töle hier oder wie?"

„Nein, so heißt einer meiner Lover, den ich unter der Decke versteckt habe, du Blödmann!"

„Ist ja gut." Benno zieht Pulli, Hose und Strümpfe aus und zwängt sich in seine Penntüte.

„Gute Nacht, Selma. Gute Nacht, Alwin. Schlaft schön, besonders du lieber Alwin", grunzt Benno mit ein wenig Sarkasmus in der Stimme.

12.

Als Benno am nächsten Morgen zu sich kommt, ist der Bus bereits leer. Aus dem Fenster sieht er, wie Selma und Alwin ausgiebig miteinander spielen. Dazu gesellt sich immer wieder die Hündin von Nenad, die Alwin pausenlos besteigen möchte. Benno wirft sich in seine Klamotten und geht sich im Sanitärgebäude waschen. Als er wieder zurück zum Bus geht, kommt ihm ein junges Pärchen entgegen, das offensichtlich gerade erst am Morgen angekommen ist. Der junge Mann spricht Benno auf Englisch an, ob er heute auch an einer Rafting-Tour teilnehmen werde. Benno verneint vehement kopfschüttelnd und schlendert weiter schlaftrunken Richtung Bus. Rafting? Das ist doch was für Bekloppte. Paddeln auf der Alster ist für ihn das Höchste der Gefühle. Als er wieder den Bus erreicht, erzählt er Selma von der Begegnung mit dem jungen Pärchen.

„Rafting? Echt? Wann soll's denn losgehen? Da hätte ich richtig Bock darauf!", ist Selma aus dem Häuschen.

„Bist du lebensmüde? Und dann noch in so einem Land. Die haben hier doch nicht einmal eine TÜV-Prüfung für ihre Nussschalen. Da steig ich bestimmt nicht ein!"

„Dann kannst du ja hier bleiben und auf den Hund aufpassen."

„Ja, soweit kommt das noch. Dann fahre ich lieber mit."

Benno willigt spontan ein, weil er nicht wie ein Hasenfuß vor Selma stehen möchte. Ab jetzt bekommt er Bauchschmerzen, da er ständig an sämtliche Gefahren denken muss, die eintreffen könnten.

„Na, dann suche die Beiden mal", schlägt Selma vor.

Eine Stunde später sitzen Selma und Benno leicht verspätet in einem Kleinbus, der sie zum Start der Rafting-Tour bringen soll. Während Selma auf einem der hinteren Plätze sitzt, hat Benno auf einen der beiden Beifahrersitze neben dem Guide Platz genommen. Dies ist die Gelegenheit, etwas über den Inhalt des waghalsigen Abenteuers heraus zu finden. Nach dem kurzen auf Englisch stattfindenden Gespräch sind Bennos Magenschmerzen noch stärker geworden. Der Guide erzählt ihm freundlich, dass das größte Gefälle, welches überwunden werden müsse, lächerliche fünf Meter seien. Daraufhin stellt sich Benno den Fünf-Meter-Turm im Freibad vor und wie er den in einem Schlauchboot hinunterfahren würde. Benno fühlt auf einmal, wie er plötzlich Angst um sein Leben bekommt. Vor wenigen Tagen wäre es ihm egal gewesen. Da hätte er vielleicht noch gehofft, in den Stromschnellen zu verenden. Aber jetzt hatte er tatsächlich etwas zu verlieren. Selma? Das wäre naheliegend.

Der Bus hält in Sichtweite der *Una* und die neunköpfige Gruppe steigt aus. Es sind, neben Selma und Benno, vier junge Männer aus Zagreb, das junge Pärchen, welches aus Rijeka stammt und der Guide Goran, der, nachdem sich alle in die hautenge Ausrüstung gequetscht haben, mit der Einweisung beginnt. Nachdem es zur Beruhigung aller erst einmal einen Sliwowitz gegeben hat, beginnt die Gruppe unter den strengen Augen Gorans ein paar wichtige Manöver auf der noch ruhigen Una durchzuführen.

Selma und Benno müssen im hinteren Bereich direkt vor Goran Platz nehmen, damit der jederzeit auf Englisch korrigieren kann, falls etwas Gravierendes schieflaufen sollte. Die Besatzung paddelt und muss abwechselnd von dem Bootsrand ins Bootsinnere abtauchen, um dann in Sekundenschnelle wieder auf dem Rand Platz zu nehmen, um weiterzupaddeln. Dieses und ein paar kleinere Manöver müssen einfach sitzen, sonst wird gar nicht erst losgefahren.

Wenig später hören alle das Rauschen des mächtigen *Strbacki buk*, eines fast 25 Meter hohen Wasserfalls. Benno wird sofort mulmig. Etwa 50 Meter vorher legt das Boot aber an und alle bis auf Goran steigen aus. Er gibt der Gruppe zu verstehen, an Land die Treppe zu nehmen, die um den Wasserfall herumführt. Er selbst werde den direkten Weg nehmen. Benno ist der Erste, der der Aufforderung nachkommt und setzt sich an die Spitze der Gruppe, bis sie auf einem Aussichtspunkt vor dem Wasserfall zum Stehen kommt. Hier haben sich noch ein paar Nationalparkbesucher auf den vielen Aussichtsplattformen eingefunden. Sie alle schauen auf die Spitze des Wasserfalls, auf der nun Goran zu sehen ist. Er wirkt cool und konzentriert, schaut von oben in den Abgrund der tosenden Wassermassen und checkt die Lage. Dann nach etwa drei Minuten wirft er das Schlauchboot den Wasserfall hinunter. Er verharrt noch etwa zwei Minuten an der Kante und wirkt wie ein spiritueller Geistlicher. Spätestens jetzt hat er alle Besucher in seinen Bann gezogen. Er setzt zum Sprung an und taucht mit dem Kopf zuerst in die reißenden Fluten. Sekunden später taucht er aus der Gischt auf und in der Rafting-Gruppe wird kollektiv aufgeatmet und in die Hände geklatscht.

So ein Angeber, denkt Benno, der aber gleichzeitig Goran seine höchste Anerkennung zollt. Die Gruppe setzt sich wieder in Bewegung und empfängt Goran und das Schlauchboot an einer kleinen Anlegestelle. Alle klopfen Goran auf die Schulter, der aber gleich wieder im Drillinstuctor-Modus angekommen ist. Er gibt unmissverständlich zu verstehen, welche Schritte einzuleiten sind. Benno ist hellwach.

Gleich die erste Prüfung wird die härteste sein. Der fünf Meter hohe Wasserfall! Es geht nun runter. Die Gruppe verschwindet vom Rand auf den Boden des Bootes und wieder zurück. Sie paddeln wie die Geisteskranken um die Stromschnellen und zum nächsten Wasserfall, der gerade mal drei Meter hoch ist. Das Szenario von eben wiederholt sich. Die Gruppe scheint die Angst verloren zu haben und stößt sämtliche Jubelschreie aus, als auch diese Prüfung gemeistert wird. Erschöpft und zufrieden paddeln die Wahnsinnigen zu einer ruhigeren Zone und klatschen sich gegenseitig ab. Goran erklärt feierlich, das Schlimmste überstanden zu haben. Benno und Selma sind wie aufgedreht und umarmen sich.

Der Rest der Strecke ist reine Routine. Zwischenzeitlich springen Selma und Benno aus dem Boot und lassen sich mitsamt der Schwimmweste im sehr kalten Wasser einfach flussabwärts treiben. Nur noch wenige Stromschnellen und kleinere Wasserfälle bereiten keine größeren Bauchschmerzen, bis sie nach insgesamt vier Stunden endlich ihr Ziel erreicht haben.

Völlig ausgebrannt und hungrig kehren sie dann nach kurzer Fahrt mit dem Kleinbus zum Campingplatz zurück, wo sie von Alwin, der die ganze Zeit in der Obhut von Nenad war, freudig begrüßt werden. Benno ist hungrig und freut sich auf den nun folgenden geselligen Teil des Tages. Die Helden der Stromschnellen versammeln sich um den großen Tisch im Restaurant. Benno spürt immer noch einen Rest Adrenalin. Hatte er noch während der Rafting-Tour größtenteils geschwiegen, so schwafelt er nun in seinem besten Englisch die

Gruppe mit seinen Eindrücken voll. Selma beobachtet ihn mit einem leicht schmachtenden Blick von der Seite.

Danuta serviert die ersten bosnischen Speisen. Es gibt Gulaschsuppe und *Burek*, mit Spinat und Hackfleisch gefüllter Blätterteig. Natürlich lässt es sich Nenad nicht nehmen, Benno ungefragt einen Sliwowitz einzuschenken. Benno lächelt nur und prostet Nenad zu. Aber auch der Rest der Truppe geht nicht leer aus. Als würden sich alle schon lange Jahre kennen, wird geplaudert und getrunken. Die vier Jungs aus Zagreb haben zwar noch eine stressige, dreistündige Rückfahrt vor sich, doch sie machen selbst um acht Uhr abends noch keine Anstalten aufzubrechen.

Stattdessen schlagen sie vor, noch ein bisschen frische Luft zu schnappen. Die Crew findet sich an einem nicht einsehbaren Teil des Ufers wieder ein und nun wird endgültig klar, was der eigentliche Plan ist. Die Jungs wollen einen durchziehen. Nachdem Bennos Nachbar schnell und geschickt eine Tüte gerollt hat und diese mehrmals die Runde gemacht hat, ist Benno wieder merklich stiller geworden. War er eben noch der große Festredner, so ist er nun zum guten Zuhörer geworden. Die Tüte hat seine Wirkung nicht verfehlt. Bis auf den Fahrer haben alle mal gezogen und kommen damit unterschiedlich zurecht. Selma ist alberner geworden und kichert mit dem Pärchen aus Rijeka um die Wette.

Benno hört sich die ganze Zeit die politischen Sorgen seines Gesprächspartners an. So erfährt Benno, dass dies der erste Besuch der Freunde überhaupt in Bosnien ist. Als Kroaten hatten sie große Vorbehalte, nach Bosnien zu fahren. Sie sind aber von der Gastfreundschaft und der einmaligen Landschaft sehr überrascht.

Schließlich löst sich eine Stunde später die Gruppe auf. Die Jungs aus Zagreb verabschieden sich und fahren in ihrem Auto in die Dunkelheit Richtung Kroatien. Das Pärchen wählt den Weg in ihren Bus, der etwas entfernt von Benno und Selma geparkt hat. Auch sie beide beschließen, das Nachtlager aufzusuchen, wo Alwin brav auf sie gewartet hat. Selma ist immer noch albern und fängt an, an Bennos T-Shirt herumzunesteln.

„Na, Klotzi? Alles klar? Wollen wir noch eine kleine Ehrenrunde drehen? Wir könnten endlich mal weitermachen, wo wir damals mal aufgehört hatten."

„Häh? Ach so. Das meinst du." Benno ist noch immer benebelt. „Ja, dann lass uns mal", haucht Selma.

Beide versinken mal wieder auf der Matratze. Während Selma voller Leidenschaft versucht Benno zu entblättern, winkt er schon nach kurzer Zeit ab.

„Morgen, morgen Selma. Heute nicht. Ich fühl mich irgendwie nicht. Tut mir leid."

„Ja, ja. Ist ja gut. Ich verstehe. Die Tüte. Na, dann mal gute Nacht."

Beide drehen sich zur Seite, so dass sie nun Rücken an Rücken liegen. Während Selma Alwin den Bauch krault, setzt bei Benno schon nach zwei Minuten ein zufriedenes Schnarchen ein.

13.

„Guten Morgen, du Hengst", begrüßt Selma Benno am nächsten Morgen, als er die Schiebetür öffnet. Selma ist wie immer vor ihm aufgestanden und sitzt mit Alwin auf der Picknickbank.

„Guten Morgen", entgegnet Benno, der mal wieder nicht weiß, wie er sich aus der Affäre ziehen soll.

„Mann, mir tun vielleicht die Knochen weh. Ich geh erst mal duschen."

„Ja, mach dich schon mal frisch", ruft Selma Benno süffisant hinterher.

Oha, das will es jemand aber wissen, schießt es Benno durch den Kopf.

Den ganzen Vormittag liegt eine kleine Anspannung zwischen Benno und Selma in der Luft. Benno beschließt, Selma das Spiel machen zu lassen. Fühlte er sich gestern noch durch das Abenteuer auf dem reißenden Fluss sicher und stark, so hat er sich heute wieder in sein Schneckenhäuschen zurückgezogen.

„Wollen wir heute nicht mal die Burg da oben besuchen? Von da oben muss man ja einen fetten Ausblick über die Gegend haben", schlägt Selma vor.

„Ach nee, lass mal. Da komme ich bestimmt gar nicht hoch mit meinem Muskelkater. Wir müssten aber mal wieder was Einkaufen. Also, bis zu dem Dorf würde ich es noch schaffen", antwortet Benno.

Selma willigt ein und kurz darauf spazieren die Beiden mit Alwin auf einer ruhigen Nebenstrecke zum Dorf. Das erste Haus, was sie passieren, ist eine gespenstische Ruine. Es steht unmittelbar an der Kreuzung zur Hauptstraße und ist gezeichnet vom Krieg, der aber schon seit über zwanzig Jahren vorbei ist. Es muss einmal ein sehr schönes Haus direkt über der *Una* gewesen sein. Nun rottet es vor sich hin und niemand kümmert sich darum. Die beiden erreichen zehn Minuten später das kleine Dorf *Kulen Vakuf.* Schließlich erreichen sie einen kleinen Lebensmittelladen, bei dem sie Brot, Fleisch und unter anderem eine dicke Sucuk-Wurst einkaufen. Alwin bekommt zur Feier des Tages noch ein trockenes Stück Brot fürs Warten. Sie schlendern weiter durch das Dörfchen und beschließen zurück an der Hauptstraße entlang zu gehen. Nachdem sie die Brücke über die Una überquert haben, erreichen sie einen kleinen Platz auf der ein großes Denkmal zu sehen ist. Es ist eine Steinmauer, auf der der Umriss von Bosnien-Herzegowina zu erkennen ist. In dem Umriss sind ungefähr siebzig Fotos der gefallenen Dorfbewohner während des Balkankriegs zu sehen. Benno und Selma bleiben davor stehen und sagen fünf Minuten gar nichts. Die Stimmung ist seit der Ruine sowieso schon sehr gedrückt, nun ist sie verständlicherweise am Boden.

Weiterhin wortlos gehen sie die Hauptstraße entlang, bis sie endlich wieder am Bus angekommen sind.

„Schrecklich. Vor nicht mal zwanzig Jahren haben die sich hier die Köpfe eingehauen. Mitten in Europa. Und wir machen hier Urlaub. Vergnügen uns. Saufen und kiffen. Wahnsinn", erwacht Selma als Erste aus der Lethargie.

„Ja. So ein friedfertiger idyllischer Ort. Man kann sich das alles gar nicht vorstellen", antwortet Benno.

„Nur, wenn man die Ruinen sieht. Alles zerstört und nicht wiederaufgebaut."

„Sind wahrscheinlich alle vertrieben worden und aus Angst nicht mehr zurückgekommen. Gott sei Dank leben wir in anderen Zeiten."

Auch beim Mittagessen, das die Beiden auf der Picknickbank einnehmen, wird die Stimmung nicht viel besser. Die Eindrücke vom Vormittag sind immer noch allgegenwärtig. Den Nachmittag verbringen Benno, Selma und Alwin vor dem Bus im strahlenden Sonnenschein mit Blick auf die *Una*. Es könnte ein wunderschön ruhiger Nachmittag sein, doch ein Kumpel von Nenad ist gerade dabei, mit einer Motorsäge ein paar kleinere Bäume und Sträucher zurückzuschneiden.

Benno ist sehr angetan von der Arbeitsweise des Mannes, der ungefähr wie Nenad in den Fünfzigern ist. Nachdem er zwei bis drei Bäume beschnitten hat, wird erst einmal ein Büchse Bier geöffnet und ganz entspannt geleert. Danach kommt meistens Nenad mit einem Sliwowitz hinzu und sie besprechen das weitere Vorgehen. Dieses Schauspiel wiederholt sich ungefähr noch weitere fünf Mal, bis der durstige Gärtner alle fürs Feuerholz durchgefallenen Sträucher in die Una gleiten lässt, die stromabwärts irgendwo verrotten werden. Dabei schaut er ihnen sehnsuchtsvoll und leicht sentimental hinterher. Zu guter Letzt steigt er leicht angetrunken in seinen Wagen und fährt die wahrscheinlich nicht mal zwei Kilometer nach sechs Bier und sechs Sliwowitz wie selbstverständlich nach Hause. Das Schönste an der Gartenarbeit ist das Gießen!

So könnte sich Benno auch sein Leben vorstellen. Alles läuft in einem gemächlichen Tempo ohne Stress ab. Die Pausen sind ausgiebig und flüssig. Dabei scheint die Sonne und man ist total entspannt. Bennos Stimmung ist aufgrund dieser Gedankenspiele gerade im Begriff besser zu werden, als ein hysterischer Schrei ihn durch Mark und Bein trifft. Selma ist am Kreischen.

„Scheiße. Nenad ist umgekippt. Da schau. Los, wir müssen ihm helfen."

Beide stürzen vom Bus zu einem kleinen Bistrotisch, der ungefähr 100 Meter entfernt ist. Nenad liegt am Boden und ist kreidebleich. Auf einer Stirn hat sich Schweiß gebildet.

Er hält sich die Brust.

„Schmerzen. Diese Schmerzen", klagt er wimmernd.

„Ruf den Notarzt, Benno!", schreit Selma panisch.

„Ja, o, Gott. Wie ist denn die Nummer, verdammt noch mal?!"

„Mann, dann lauf einfach ins Restaurant und sag seiner Tochter was, los ist. Dann soll sie den Krankenwagen anrufen. Aber mach schnell! Ich bleibe bei ihm."

Benno nimmt seine Beine in die Hand und macht wie ihm befohlen. Danuta versteht einigermaßen, was passiert ist und verständigt sofort den Notarzt, bevor auch sie zu Nenad stürzt. Glücklicherweise dauert es nicht lange, bis die Rettung eintrifft und Nenad und Danuta ins Krankenhaus fährt.

„Was für ein beschissener Tag. Gestern war die Welt noch in Ordnung und heute hat man ständig mit dem Tod zu tun", seufzt Selma.

Benno legt langsam den Arm um Selma und drückt sie ein wenig an sich. Sie verharren ungefähr fünf Minuten so, bis Selma die Umklammerung löst.

„Ich gehe mit Alwin spazieren. Ich möchte ein wenig alleine sein. Ist doch okay für dich?", fragt Selma.

„Natürlich. Es war heftig heute. Ich muss das auch erst einmal alles verarbeiten."

Benno setzt sich wieder auf die Bank. Die nächste Stunde ist also auch er allein. Natürlich muss er an Nenad denken. Ein lebensfroher Mensch bangt offensichtlich in diesem Moment um sein Leben. Benno kann gar nicht mehr glauben, dass er vor Kurzem noch auf einem Hochhaus gestanden hat. Seine ganzen Probleme zu Hause sind so weit weg. Momentan ist sein einziger

Wunsch, dass Nenad durchkommt. Dass ein lieber Mensch am Leben bleibt.

Benno sitzt noch die ganze Zeit fast regungslos auf der Bank, bis es allmählich dunkel wird und Selma vom Spaziergang zurückkommt. Sie drückt Benno einen Kuss auf die Wange und zieht sich in den Bus zurück.

Was zum Teufel ist jetzt eigentlich? Sind wir jetzt eigentlich zusammen oder nicht? Sie macht mir eindeutige Avancen und im nächsten Augenblick ist alles normal wie immer. Immer kommt irgendetwas dazwischen. Merkwürdig, denkt Benno.

Aber heute wäre der verkehrte Zeitpunkt, Selma mit dieser Frage zu konfrontieren. Benno braucht erst einmal Gewissheit, was mit Nenad ist. Und so bleibt er weiterhin auf der Bank sitzen, bis schließlich gegen elf Danuta endlich wiederkommt. Sie ist in Begleitung der ganzen Familie, die aus ungefähr zehn weiteren Personen besteht. Sofort geht sie zu Benno und berichtet, dass Nenad einen Herzinfarkt hatte, operiert wurde und auf der Intensivstation liegt. Man wisse noch nicht, ob er überleben wird. Benno bedankt sich für die Information und geht danach in den Bus, um sich zu der bereits schlafenden Selma zu legen.

Der nächste Morgen bringt auch keine Neuigkeiten. Danuta ist bereits nach Bihac aufgebrochen, um Nenad im Krankenhaus zu besuchen. Ab und zu schaut der durstige Gärtner auf dem Platz nach dem Rechten, wo nur noch der Bus von Benno und Selma steht. Am Nachmittag kehrt Danuta wieder zurück. Im Schlepptau hat sie ihre Mutter, die vorzeitig aus Sarajevo zurückgekehrt ist. Doch leider ist Nenad immer noch nicht bei vollem Bewusstsein und die Chancen stehen auch nicht gerade gut.

Selma und Benno merken, dass sie hier nichts weiter ausrichten können. Zwar sind beide unheimlich besorgt, doch schließlich wollen sie sich nicht weiter in die Belange der Familie einmischen. Sie beschließen, weiter nach Sarajevo zu fahren. Als Benno die Rechnung für den Campingplatz und die Rafting-Tour bezahlen möchte, winkt Danuta ab. Sie ist so dankbar, dass Benno und Selma den Vorfall gemerkt haben und sofort Hilfe geholt haben. Benno schreibt noch seine Mobilfunknummer auf einen Zettel und bittet Danuta, ihn zu verständigen, wenn es Neuigkeiten bei Nenad geben sollte. Dann verlassen sie zusammen mit Alwin den traurigen Ort.

14.

Benno muss auf der Fahrt nach Sarajevo ständig an Nenad denken. So ein herzlicher und freundlicher Mann liegt auf der Intensivstation und kämpft um sein Leben. Obwohl er ihn nur ein paar Stunden kennenlernen durfte, hegt Benno großes Mitgefühl.

Hoffentlich schafft er es, denkt Benno und steuert den Bus durch die malerische Landschaft. Da es in ganz Bosnien nur kurz vor Sarajevo eine Autobahn gibt, bewegen sich Benno und Selma den ganzen Tag auf der Landstraße. Vorbei am zweiten bedeutenden Wasserfall, dem Martin Brod, und einem atemberaubenden Aussichtspunkt mit Blick auf den *Unac Canyon* durchqueren sie einen ehemaligen Wintersportort, der durch seine verlassenen und verfallenen Häuser einen unheimlichen Eindruck hinterlässt. Dann geht die Fahrt hinunter durch ein weites Tal und wieder bergauf. Unauffällige Ortschaften wechseln sich mit baumbehangenen Serpentinen ab. Straßenschilder haben auf einmal kyrillische Schriftzeichen, als sie an einem kleinen Laden an der Landstraße anhalten. Waren die meisten Geschäfte im muslimischen Teil aufgrund eines Feiertages geschlossen, so findet man in der *Republik Srpska*, dem serbischen Teil Bosniens, alle geöffnet vor. Warum sie nun ausgerechnet hier ihre Lebensmittel und nicht in einen der größeren Geschäfte kaufen, wissen sie selbst nicht.

Benno und Selma haben keine Lust mehr, weiterzufahren und beschließen, die nächste Stadt anzusteuern. Inzwischen befinden sie sich wieder im muslimisch geprägten Teil des Landes.

„Schau mal da vorne! Sieht nach einer hübschen Stadt aus. *Jajce*", ruft Selma.

„Irgendwo habe ich gelesen, dass dies einmal eine ehemalige Königsstadt war. Soll wirklich sehenswert sein. Was ist? Wollen wir uns die mal anschauen?", schlägt Benno vor.

„Ja, los!"

Mit Alwin geht es durch die langgezogene Hauptstraße des Ortes. In der ganzen Stadt ist Volksfeststimmung und das an einem Dienstag. An einigen Ständen gibt es zu Essen und zu Trinken. Benno bestellt etwas davon und ist sehr verdutzt, dass er kein Geld bezahlen muss. Wie sich herausstellt, feiern die Bewohner von *Jajce* den 21. Jahrestag der Befreiung von den Serben. Es ist eine merkwürdige Stimmung aus Freude und Bedrückung, die sich angesichts der Erinnerung an den Krieg in Benno breitmacht. Er ist hin- und hergerissen.

Und dann sorgt auch noch Alwin für Aufsehen. Zwar läuft er die ganze Zeit sehr brav an der kurz zuvor gekauften Leine, aber damit gehen die Probleme auch schon los. Alwin wird seit der Ankunft in der Stadt von einer riemigen Hündin gestalkt. Sie verfolgt Alwin auf Schritt und Tritt und sorgt immer wieder für gefährliche Manöver mit der Leine. Zwischenzeitlich fällt Benno sogar über Hund und Leine und sorgt bei der Bevölkerung für große Lacher. Sie flüchten mit Alwin hoch zur Festung vorbei am Kassenhäuschen, doch sogar dort kann die Hündin nicht abgeschüttelt werden. Es bleibt nur der Ausweg in den großen Park unweit des Wasserfalls, der sich im Anschluss 20 Meter nach unten stürzt.

Sie lassen Alwin von der Leine, damit sich die Beiden endlich austoben können. Unter einem Rhododendron fallen sie schließlich übereinander her und vergessen sich und ihre Umgebung. Danach jagen sie quer durch den Park und Benno muss unter dem Einsatz seines Lebens Alwin davon abhalten, nicht in den Fluss, beziehungsweise in den reißenden Wasserfall, zu springen. Erst nachdem alle in die Stadt zurückgekehrt und die Hündin die Fährte zu ihrem Abendessen aufgenommen hat, ist endlich wieder Ruhe eingekehrt.

„Dann lieber weiterfahren", bricht es aus Benno heraus und sie verlassen die anstrengende Stadt wieder.

Die Nacht werden sie auf dem fünf Kilometer entfernten Campingplatz verbringen. Sie schaffen nur die allerwichtigsten Sachen aus dem Bus und schmeißen den kleinen Grill an. Als er endlich heiß genug ist, legt Benno vier dicke rote Bratwürste auf den Rost und nimmt einen genüsslichen Schluck vom Dosenbier.

„Igitt, die kannst du alleine essen", ist Selma geradezu entsetzt.

„Da hätte ich dir sowieso nichts von abgegeben. Halt du dich mal an dein Kaninchenfutter", antwortet Benno, während Selma einen Salat zubereitet.

Bennos Gedanken an Nenad sind nicht mehr so präsent und so steht er gedankenverloren vor dem Grill mit einer Dose Bier und der Grillzange in der Hand und schaut in die Umgebung.

Geht heute noch was zwischen mir und ihr, fragt sich Benno.

Doch diese Frage hat sich im nächsten Augenblick erledigt. Benno sieht, wie Selma gerade Kontakt zu einem jungen Ehepaar mit Baby aufgenommen hat. Sie sind auch gerade mit einem Campingbus auf dem Platz eingetroffen. Zehn Minuten später sitzen dann auch alle vor dem Bus und trinken Rotwein. Benno vertilgt hastig seine vier Bratwürste, spült mit Dosenbier nach, ehe auch er sich dem Rotwein widmet.

Richtig coole Leute, denkt Benno, während Denise und Martin erst von ihrer Hochzeitsreise nach Kolumbien und dann von ihrer momentanen Tour durch Osteuropa berichten. Dabei hatte das Kennzeichen aus dem Baden-Württembergischen Schlimmeres befürchten lassen. Während die Erwachsenen Flasche um Flasche leeren, freunden sich auch der kleine Robin und Alwin miteinander an.

Nachdem Benno am nächsten Morgen mit seinem dicken Rotweinschädel eine Herberge mit Campingplatz in den Hügeln Sarajevos ermittelt hat, verabschieden sich Benno und Selma von der kleinen Familie und brausen weiter nach Sarajevo.

„Und wo genau fahren wir jetzt hin?", fragt Selma.

„Erst einmal grob Richtung Flughafen. Unter dem war während des Krieges ein Tunnel. Damit wurde die Bevölkerung versorgt und die Verletzten aus der Stadt gebracht. Da ist jetzt ein Museum drin, wenn du es dir anschauen möchtest. Dann müssen wir in Richtung der Bobbahn fahren, eine der Sportstätten von den Olympischen Spielen '84. Aber seit dem Krieg ist alles am Verrotten."

„Und wie lange brauchen wir in die Stadt? Klingt ja so, als wäre die Bude am Arsch der Welt."

„Zwanzig Minuten zu Fuß und zurück fahren wir mit dem Taxi."

„Hauptsache, die nehmen auch unseren Kleinen hier mit", sagt Selma und dreht sich nach hinten zu dem Hund.

Der Weg zur Herberge ist ziemlich anspruchsvoll. Mit dem Bus geht es immer wieder steil bergauf und durch enge Kurven. Mit jedem Höhenmeter wird der Ausblick auf Sarajevo immer schöner. Benno drückt immer mehr aufs Gaspedal, da er noch hofft, den Sonnenuntergang mitzubekommen. Dann endlich stehen sie direkt vor dem verschlossenen Tor der Unterkunft. Es ist ein großes Haus, welches als Hostel dient. Der verwilderte Garten dient als kleiner Campingplatz. Benno sieht, wie sich eine Person, offenbar der Besitzer, schon wieder vom Tor wegbewegt. Er stürzt aus dem Bus und zieht beim Gehen die Strümpfe bis zu den Kniekehlen hoch. Da er noch mit einer kurzen Hose und Stiefeln bekleidet ist, wirkt er auf einmal wie ein Mitglied aus der Hitlerjugend. Das geschniegelte Auftreten fällt dem Gastgeber natürlich sofort auf.

„Hello. We would like to camp here tonight", versucht Benno auf Englisch freundlich zu sein.

„Why?", antwortet der Wirt.

„Äh, well. Because it's so nice here."

Der mürrische, in etwa vierzigjährige Besitzer hat nun erst recht keinen Bock auf neue Gäste, doch wider Erwarten öffnet er doch das Tor. Er weist Benno und Selma an, wo sie zu parken haben, bis er danach in dem Haus verschwindet.

„Was ist denn das für ein Vogel? Wie bist du denn auf dieses Etablissement gekommen, Benno?"

„Der Laden hatte ganz gute Bewertungen bekommen."

„Wo hast du denn geschaut? Bei *Bosniens mieseste Campingplätze?*"

Doch dann ist erst einmal alles vergessen. Die Beiden können noch die letzten Sonnenstrahlen erhaschen und werden durch einen gewaltigen Sonnenuntergang entschädigt. Die Lage des Platzes ist einfach sensationell. Schnell bricht die Dämmerung an und nach weiteren 15 Minuten ist es stockdunkel. Nun sieht man sämtliche Lichter Sarajevos funkeln.

Benno und Selma schlurfen zum Haus hinüber und warten auf der Terrasse, ob sich der Hausherr zeigt. Auf dem Tisch liegen allerlei Utensilien, die den Gemütszustand des Hausherrn nachvollziehbar erscheinen lassen.

Langes Zigarettenpapier und eine kleine durchsichtige Plastiktüte, in der sich eine Substanz befindet, die wie Büsche auf einer Miniatureisenbahnanlage aussehen.

„Setzt Euch doch!", unterbricht der kiffende Wirt Bennos Beweisaufnahme in verständlichem Deutsch.

„Ja, also. Wir wollten uns nur eigentlich anmelden und mal fragen, ob wir zwei Bier bekommen könnten", fragt Benno.

„Klar. Eins für dich und eins für die wunderschöne Lady. Ich heiße übrigens Sinisa", entgegnet der leicht schmierige Mann, dem natürlich Bennos Unsicherheit sofort aufgefallen ist.

Als Sinisa mit zwei Flaschen Bier wiedergekommen ist, fragt Selma: „Woher kannst du denn so gut Deutsch?"

„Ich bin ab und zu in Hamburg", antwortet Sinisa sehr langsam und sehr leise. Er ist wieder in seinen anstrengenden Dämmerzustand zurückgekehrt.

„Und was machst du da so?"

„Ficken."

Es folgt eine künstlerische Gesprächspause. Während Benno und Selma ein wenig vor dem Kopf gestoßen sind, genießt Sinisa im Stillen sein Überraschungsmanöver. Schließlich erzählt er etwas mehr über seine Aufenthalte in Hamburg, die aber mehr oder weniger eine Aufzählung von angeblichen Frauengeschichten beinhalten. Eigentlich hätten Selma und Benno gerne noch ein zweites oder drittes Bier auf der sehr schönen Terrasse und dem grandiosen nächtlichen Ausblick genossen, aber gegen die mürrische Art des Gastgebers ist einfach kein Ankommen. Nachdem Sinisa noch die umfangreiche und peinlichst genaue Anmeldung durchgeführt hat, indem er beide Personalausweise mit seiner

Handykamera knipst, kehren Benno und Selma zum Bus zurück.

15.

„Guten Morgen, schöne Frau!", ruft Sinisa von der Terrasse, als sich Selma dem Hostel nähert.

„Hallo Sinisa! Ich hätte gerne ein wenig Wasser für das Frühstück."

„Gerne! Du kannst aber auch einen frischen Kaffee bekommen. Ich habe gerade einen gemacht."

„Also, wenn das so ist, hast Du bestimmt noch einen für Benno übrig?"

„Nein, du verstehst nicht. Ich habe gerade EINEN frischen gemacht. Und außerdem: Darf der Kleine überhaupt schon Kaffee trinken?"

Natürlich hat Benno dieses Gespräch mitbekommen. Es war nicht zu überhören. Und dies war sicher auch Sinn und Zweck von Sinisa. Sogar verpeilte Menschen wie Benno können es nicht übersehen, wie Sinisa Selma den Hof macht.

Wenig später kehrt Selma mit einem Becher Kaffee wieder zurück zum Bus, der so abgestellt ist, dass man ihn von der Terrasse nicht einsehen kann.

„Komm', den teilen wir uns. Da wäre noch genug für dich gewesen. Was hast du ihm denn getan, dass du keinen abbekommen sollst?", fragt Selma und hält Benno den vollen Kaffeebecher hin.

„Woher soll ich das wissen? Ich habe doch nur drei Sätze mit ihm gewechselt. Da kann ich eigentlich nicht so viel Verkehrtes gesagt haben."

„Egal. Dann wollte er eben noch wissen, ob wir zusammen sind oder nicht. Der ist aber auch neugierig. Und er hat erzählt, wo er schon überall auf der Welt war. Ein richtiger kleiner Vagabund."

„Aha."

Die Beiden frühstücken daraufhin vor dem Bus und machen sich stadtfein. Bennos großer Höhepunkt steht bevor. Der Besuch von Sarajevo! Doch leider muss er erst einmal Sinisa nach dem kürzesten Weg dorthin fragen. Dies bereitet ihm Magenschmerzen. Er weiß, dass dies nicht einfach werden wird. Und so kommt es dann auch. Wieder stehen sie auf der Terrasse.

„Sinisa. Kannst du uns sagen, wie man am besten in die Innenstadt kommt?", fragt Benno.

„Ja", lautet die kurze knackige Antwort.

„Ja, und wie?"

„Zu Fuß."

„Ja, und wo müssen wir längs?"

„Nach rechts."

„Und dann?"

„Nochmal rechts."

„Und…"

„Nur noch geradeaus. Immer den Berg runter. Nimm dir Kieselsteine mit. Wie bei Hänsel und Gretel, oder wie heißt das? Dann findest du auch den Rückweg."

„Ja, aber zurück, da wollten wir eigentlich ein Taxi nehmen."

„Das erzähle ich's lieber deiner Bekannten. Die scheint ein wenig mehr zu kapieren. Also…"

Sinisa wendet sich Selma zu und erklärt etwa fünf Minuten in aller Ausführlichkeit, wie sie das Taxi zurücknehmen müssen. Dabei lächelt und scherzt er wie ein Salonlöwe. Benno steht daneben und wartet ungeduldig darauf, in seine Stadt zu kommen. Endlich wendet sich Selma von dem klebrigen Zeitgenossen ab und beide können die unangenehme Umgebung verlassen.

Sie gehen die Strecke, wie sie Sinisa beschrieben hat. Die Ausblicke während des Spaziergangs sind vielfältig.

Man sieht sehr deutlich, wie Sarajevo in einem langgestreckten Kessel liegt. Neben unzähligen Häusern erkennt man einige Moscheen, die sich auf den Hügeln verteilt haben. Die weißen Obelisken, die auf den muslimischen Friedhöfen stehen, funkeln in der Sonne. Und dann ist da noch der mystisch aussehende Fernsehturm, der während des Krieges stark beschossen und zerstört wurde. Benno und Selma begegnen streunende Hunde, die ihr Quartier auf einem verlassenen Grundstück bezogen haben und am liebsten Alwin ans Schlafittchen wollen, als Benno und Selma mit ihm an dem Rudel vorbeigehen wollen.

Dann erreichen sie endlich die Innenstadt unten im Tal. Sie überqueren die *Lateiner-Brücke*, an deren Ende damals Thronfolger Franz Ferdinand einem Attentat zum Opfer fiel und der Erste Weltkrieg ausgelöst wurde. Benno wirkt ein wenig ferngesteuert. Auch ohne in einen Stadtplan zu schauen, weiß er, wohin er will.

Es geht an dem Flüsschen *Miljacka* entlang zum Rathaus und dann direkt zum *Bascarsija*, dem sehenswerten Platz im muslimischen Viertel, mit seinem beeindruckenden Holzbrunnen in der Mitte. Sie machen eine kleine Pause und bestellen sich die angeblich besten Cevapcici Bosniens bei einem der vielen kleinen Lokalen am Platz. Es herrscht viel Trubel ringsherum des Brunnens. Frauen in Burkas lichten ihre Familie mit ihrer Handykamera ab, Tauben werden unentwegt gefüttert und einige Touristen stolzieren auf und ab.

Durch die alten Gassen und vorbei an der stattlichen *Gazi-Husrev-Beg-Moschee* des alten Bazars wechseln Benno und Selma hinüber zum modernen Teil Sarajevos. Während eben noch hölzerne Lädchen ihre Waren anboten, sind nun stinknormale Geschäfte in einer Fußgängerzone allgegenwärtig.

„Wo genau wollen wir eigentlich hin?", fragt Selma nach einer Weile.

„Ich weiß nicht. Ich lasse mich gerne ein wenig treiben. Nichts Bestimmtes."

„Und deswegen wolltest du unbedingt hierher? Um dich ein wenig treiben zu lassen?"

„Das verstehst du nicht."

„Okay. Dann kann ich dich bestimmt auch, für sagen wir mal zwei Stunden, alleine treiben lassen und ein wenig durch die Geschäfte ziehen."

„Ist in Ordnung. Wir treffen uns dann wieder genau hier."

Benno ist sehr einverstanden mit Selmas Vorschlag. Er setzt sich unter die Markise eines kleinen Straßencafés und bestellt ein großes Bier. Alwin gesellt sich unter dem Tisch zu ihm. Benno lässt die ganze Stadt auf sich wirken. So gut wie nichts ist mehr zu spüren von den schrecklichen Kriegsjahren. Nur ein herannahendes Gewitter vermittelt ein wenig Schaudern. Junge, hübsche Frauen flanieren in der Einkaufsstraße und vermitteln, dass mit dieser Stadt wieder alles in Ordnung zu sein scheint.

Wie bei mir, denkt Benno. Irgendwie war ich auch ein hoffnungsloser Fall und jetzt? Na ja. Eigentlich ist ja noch nichts passiert. Aber bald könnten die Fetzen fliegen.

Benno nimmt noch einen genüsslichen Schluck aus seinem großen Bierglas und lässt sich dann ganz entspannt in seinen Stuhl fallen.

Nachdem er die Zeche bezahlt hat, macht Benno noch einen kleinen Bummel durch die Stadt. Hinter der alten Markthalle kommen dann aber doch noch die Erinnerungen an den Film *Belagert.Sarajevo* wieder zurück. Auf dem Bauernmarkt ist eine große rote Gedenktafel mit allen Namen derjenigen angebracht, die bei der Bombardierung ihr Leben verloren. Bennos Blut gefriert in den Adern, als er sich die Bilder dieser Schreckenstat ins Gedächtnis ruft. Er hält einen Moment inne und merkt allmählich, wie er immer gelöster wird. Zwar ist der Schrecken immer noch allgegenwärtig, aber auch hier ist etwas Neues entstanden und der Alltag ist wieder eingezogen.

Benno merkt, dass er mit seiner Vergangenheit endlich abschließen möchte. Das ständige Alleinsein und die miese, freudlose Arbeit möchte er nun endlich hinter sich lassen. Wenn so eine große Stadt den Weg in die Normalität zurückfindet, dann sollte ihm das auch gelingen. Und wer weiß, vielleicht sogar mit Selma an seiner Seite. Unglaublich.

Nachdem Benno und Alwin Selma wieder eingesammelt haben, ziehen sie weiter zum Taxistand. Benno freut sich sehr, Selma wiederzusehen, obwohl sie nur zwei Stunden getrennt waren. Nachdem sie ein Taxi durch die Serpentinen wieder hinauf zum Hostel gebracht hat und sie von den Hügeln aus wieder die hell erleuchtete Stadt bewundern können, versuchen sie auf das Gelände des Hostels zu kommen. Das Tor ist verriegelt und weit und breit ist niemand zu sehen. Die Straße ist spärlich beleuchtet und nur wenige Häuser sind hier angesiedelt.

„Komm', dann gehen wir noch ein kleines Stück die Straße hoch. Vielleicht ist da noch ein schöner Aussichtspunkt", schlägt Benno vor. Und siehe da, nach etwa 200 Metern erreichen die Beiden mit Alwin ein sehr romantisches einsames Plätzchen hoch über der Stadt. Sie setzen sich auf einen großen Felsbrocken und lassen die Füße baumeln. Der Ausblick ist gigantisch. Ein funkelndes Lichtermeer lässt beide für volle zehn

Minuten verstummen. Benno spürt ein Knistern in der Luft. Er fühlt, dass jetzt die Zeit gekommen ist. Jetzt muss er endlich den Sack zumachen. Bei dieser Kulisse ist es doch praktisch ein Selbstgänger. Benno rückt langsam näher an Selma heran, die auch schwer angetan von der Szenerie ist.

„Diese Lichter. Ist das nicht ein fantastischer Ausblick?", säuselt Benno Selma ins Ohr.

„Ja und von hier oben haben damals die Serben alles und jeden abgeknallt. Bamm, bamm, bamm. Hier hatten sie auch leichtes Spiel. Idealer Platz. Diese Hunde."

Es ist Sinisa, der mit seinen beiden Hunden eine abendliche Gassi-Runde macht und die beiden Turteltauben oben auf dem Felsen sah.

„Interessant", entgegnet Benno.

„Aber lasst euch dadurch nicht die Stimmung vermiesen. Ich lass das Tor auf, damit ihr gleich reinkommt. Ihr kommt doch auch gleich, oder? Falls wir uns nicht mehr sehen: Gute Nacht, Selma. Und Benno: Für dich steht noch ein Schlummertrunk auf der Terrasse bereit."

Dann verschwindet der umsichtige Gastgeber in der Dunkelheit der Straße.

16.

Der nächste Morgen beginnt nicht gut für Benno.
Er fühlt sich hundeelend. Neben einer massiven Übelkeit verspürt er den ständigen Drang, die Toilette aufzusuchen. Benno kann keinerlei Nahrung aufnehmen.
Selma zieht los, um bei Sinisa nach Cola und Salzstan-
gen zu fragen, da keiner von beiden an eine Reiseapo-
theke gedacht hat. Ergebnislos kommt Selma nach einer
Viertelstunde wieder zurück.

„Dieser Penner. Da fragt man nur nach etwas und
er schleimt die ganze Zeit rum und will mich nur begrapschen."

Doch Benno versteht Selmas Worte nicht im Ge-
ringsten und ist in einen komatösen Schlaf verfallen.
Und so vergehen die Stunden an diesem Tag. Benno
dämmert vor sich hin und Selma hält Wache. Nur selten
verlässt sie den Platz vor dem Bus. Sie verbringt die Zeit
mit Lesen, wärmt das Essen vom Vortag auf und kümmert sich hin und wieder um Benno, wenn er von Zeit
zu Zeit erwacht und komische Dinge von sich gibt.

Am späten Nachmittag wechselt Benno in die Hängematte, die Selma inzwischen vor dem VW-Bus gespannt hat. Selma gibt Benno viel zu trinken, damit er
nicht anfängt, zu dehydrieren. Benno trinkt und trinkt
und sackt wieder in die Hängematte. Als Selma kurz mit
Alwin eine kleine Gassi-Runde über den Platz macht,
muss Benno auf einmal sich kerzengerade in der Hängematte aufrichten. Ein riesiger Schwall ergießt sich aus
seinem Schlund in seine unmittelbare Umgebung ins
hohe Gras. Benno fühlt sich auf einmal bedeutend besser. Zwar immer noch schlapp, aber die Übelkeit ist
gewichen und der Drang zur Toilette hat sowieso schon
seit dem Vormittag nachgelassen.

Als Selma wieder zurück zum Bus kommt, bemerkt sie Bennos gesundheitliche Fortschritte.

„Nanu? Du bist ja auf. Geht es dir besser?"

„Das kann man wohl sagen. Was ist das bloß gewesen?"

„Bestimmt waren das diese fiesen Würstchen, die du in Jajce auf dem Campingplatz gegessen hast."

„Das ist doch viel zu lange her. Ich habe eher den kleinen `Schlummertrunk in Verdacht, den mir Sinisa verabreicht hat."

„Meinst du, der ist so krass unterwegs? Na ja, zutrauen würde ich es ihm. Dann sollten wir aber schleunigst zusehen, dass wir hier die Biege machen!"

„Ja, aber erst morgen. Heute fühle ich mich noch nicht fit für die Weiterreise. Und dunkel wird es auch gleich. Lass uns morgen früh aufbrechen."

Benno zieht sich wieder in den Bus zurück. Er ist froh, dass Selma nicht seine Kotz-Orgie mitansehen musste. Sie musste seinetwegen heute sowieso schon genug mitmachen. Obwohl Benno bereits den halben Tag geschlafen hat, macht er gegen halb neun die Augen schon wieder zu und schläft bis zum nächsten Morgen durch.

Der Abschied von Sinisa fällt beiden nicht besonders schwer. Erstaunlicherweise rechnet er korrekt die Nächte und Getränke ab und scheint enttäuscht, dass Selma seinen Dunstkreis verlässt.

„Wieso reist du denn schon ab? Du warst doch nur zwei Tage hier in dieser schönen Stadt. Du hast doch noch gar nichts gesehen. Ich kann dir die ganze Stadt zeigen. Dein kleiner Freund kann ja auf den Laden hier aufpassen, wenn er das denn hinbekommt", säuselt Sinisa, als Benno die Zeche bezahlt.

„Ist ja nett gemeint, aber wir wollen weiter", versucht Selma so diplomatisch wie möglich zu bleiben.

„Aber wo willst du denn hin? Sarajevo ist unglaublich. Hier gibt es doch sonst nichts weit und breit."

„Ach, keine Ahnung. Wir bleiben nie so lange an einem Ort. Mach's gut."

„Hier hast du meine Telefonnummer. Falls du keine Lust mehr auf die Konservenbüchse hier hast. Ich habe ein schönes, großes Bett für dich, in dem du selbstverständlich kostenlos schlafen kannst. Ich hole dich ab. Egal, wo du gerade bist."

„Das ist nett, aber erstens macht mir es nichts aus mit einer `Konservenbüchse unterwegs zu sein und zweitens möchten wir weiterziehen. Also dann."

„Dann eben nicht. Vergeude doch deine Zeit mit diesem kleinen Hosenscheißer. Bin mal gespannt, wie weit du mit dem Muttersöhnchen kommst. Mein Angebot kannst du jedenfalls vergessen."

„Ich werde es überleben. Und nun sei doch so nett und mach uns das Tor auf!" Selma ist nicht aus der Fassung zu bringen und Benno ist noch nicht wieder in der Lage, sich adäquat mit Worten zu wehren.

Zwei Minuten und zwei gestreckte Mittelfinger später befinden sich Selma und Benno wieder auf der Landstraße. Gerne hätten sie noch in Ruhe vorher ein Ziel ausfindig gemacht, doch sie wollten so schnell wie möglich das Areal verlassen. Sie entscheiden, den Weg Richtung Mostar einzuschlagen. Zwar hätte Benno noch gerne mehr von Sarajevo gesehen, aber er verzichtet dann doch lieber auf zusätzlichen Stress und möchte lieber heute als morgen wieder zu Kräften kommen.

Es ist ein richtig schöner Sommertag. Die Sonne strahlt bei 25 Grad und der Himmel ist blau. Deshalb machen sie schon nach gut einer Stunde Pause in

Konjic, einer kleinen Stadt an der Neretva. In der Nähe der historischen Steinbrücke bestellen sie sich Kaffee und einen kleinen Snack. Bennos erste richtige Nahrungsaufnahme verläuft reibungslos und Selma nutzt die Pause, um Benno mental aufzurichten.

„Der war richtig scheiße zu dir, dieser Schleimbeutel. Aber toll, dass du dich nicht hast provozieren lassen. Der wollte echt einen Keil zwischen uns schlagen. Aber mit so einer billigen Nummer landet der nicht bei mir."

„Aha. Und wie landet man dann bei dir?", hört Benno sich zu seinem Erstaunen fragen.

„Da muss man sich schon mehr einfallen lassen. Ein bisschen mehr Feingefühl und nicht so plump wie der. Was glaubt der eigentlich, wer er ist?"

„Hey. Er hat ein großes Bett. Das darfst du nicht vergessen. Allein das hätte dich doch schon schwach werden lassen müssen."

„Ja, genau. Dann wäre ich wahrscheinlich seine kleine Sexsklavin geworden und er hätte mich nicht mehr vom Hof gelassen."

Benno merkt, wie seine Kräfte allmählich wieder zurückkommen. Das Wetter ist einfach zu schade, um weiter durch die Gegend zu fahren. Plötzlich sehen sie ein Hinweisschild, der auf einen See schließen lässt, als sie wieder zum VW-Bus zurückkehren.

„Schau mal. Der scheint hier ganz in der Nähe zu sein. Nach all der Aufregung könnten wir doch mal wieder einen Badetag einlegen", schlägt Benno vor.

„Schon klar, woher der Wind weht. Du willst doch nur wieder mit mir Nacktbaden."

„Hältst du mich auch für so plump?"

„Nein, natürlich überhaupt nicht. So etwas würde einem Hosenscheißer wie dir gar nicht in den Sinn kommen."

„Na warte."

Natürlich möchte Benno wieder sein Eroberungs-feldzug fortsetzen. Die Idee des erneuten Nacktbadens hatte er so aber nicht wirklich im Hinterkopf und ist jetzt ein wenig verunsichert, ob Selma ihm dies nun zu seinem Nachteil auslegten würde. Eigentlich möchte er gar nichts überstürzen. Er weiß kaum etwas über Selma und möchte sie erst einmal genauer kennenlernen. Er spürt, dass da noch viel mehr steckt als nur ein kleines erotisches Abenteuer oder sogar nur Freundschaft. Doch auf der anderen Seite muss er auch bald wieder zurück nach Hamburg. Bis dahin sollte er es eingetütet haben, wie seine Kumpels vom Fußball immer sagen. Wer weiß, was dann sein wird, wenn jeder wieder in seiner Stadt ist. Bamberg liegt nicht gerade um die Ecke.

„Das war jetzt schon die zehnte Serpentine. Wann sind wir denn endlich da?", unterbricht Selma ihn in seinen Gedankengängen.

„Ich weiß nicht. Es hörte sich für mich so an, als wäre der See ganz in der Nähe. O, schau mal. Da unten liegt er."

Den Beiden eröffnet sich durch ein paar weit ausei-nanderliegende Bäume der Blick auf den *Boracko Jezero*, der eingerahmt von Berghängen etwa 100 Höhenmeter unterhalb der Straße liegt.

„O, der See sieht toll aus von hier oben. Richtig idyllisch. Komm gib Gas!", ruft Selma.

Sie erreichen den Anfang des langgestreckten Sees und fahren durch ein kleines Dörfchen, das sogar einen Lebensmittelladen beherbergt. Um an den See zu kom-men, müssen sie aber mal wieder auf einen Camping-platz fahren, da dies der einzige Zugang zu der Badestel-le ist. Da es keinen Sinn ergibt, heute noch den Weg über die Serpentinen wieder zurückzufahren, melden sich Benno und Selma bei der Rezeption an und suchen sich einen Platz direkt am Wasser. Sie sind die einzigen Gäste auf dem riesigen Platz, der sich schon auf die lange Winterpause vorbereitet. Einige Renovierungsarbeiten werden bereits am Hauptgebäude aber mit der notwendigen Gelassenheit vorgenommen, so dass die Lärmbeeinträchtigungen mehr als gering sind. Benno und Selma stellen ein paar von anderen Gästen zurückgelassene Plastikstühle auf den Holzsteg und lassen Alwin ein wenig durch die Umgebung ziehen. Sie lassen sich nieder und pusten erst einmal gründlich durch.

„Ach, ist das herrlich hier und weit und breit keine Menschenseele", seufzt Selma.

„Ja, sehr entspannend. Und hier läuft auch keine Hackfresse mit Namen Sinisa herum. Das lässt sich gut aushalten."

Benno und Selma strahlen um die Wette. Doch wenig später wird die Ruhe doch schon wieder gestört. Zwei obskure Pärchen nähern sich dem Holzsteg. Während der eine Mann mit einer Plastiktüte Bier unterwegs ist, schultert der andere Mann ein Kofferradio, aus dem bosnische Volksmusik lautstark trällert. Die Frauen untermalen dies zusätzlich mit schief vorgetragenen Gesängen.

Benno und Selma geben den Vieren mit Handzeichen zu verstehen, dass auch sie gerne den Bootssteg in Anspruch nehmen können. Da beide aber wiederum mit der nun entstandenen Unruhe nicht viel anfangen können, beschließen sie, lieber dem örtlichen Krämerladen einen Besuch abzustatten. Benno und Selma kaufen ein paar Kleinigkeiten für das Abendessen. Dann schlendern sie mit ihren Errungenschaften wieder zurück zum Campingplatz. Auf halber Strecke kommen ihnen wieder die zwei Pärchen auf der Straße entgegen. Der Mann mit der Plastiktüte spricht Benno auf Bosnisch an und nickt ihm dabei immer zu. Dann kramt er aus seiner Plastiktüte zwei Dosen Bier heraus und übergibt diese an Benno. Offensichtlich bedankt sich der Mann dafür, dass Selma und Benno den Bootssteg für die Partygesellschaft freiwillig geräumt haben. Vielleicht sind sie auch einfach nur total besoffen.

17.

Am nächsten Morgen ist Benno dann endlich wieder der Alte. Nach einem ausgiebigen Frühstück springt er zur Abkühlung in den angenehm kalten See. Alwin steht dabei aufrecht auf dem Bootssteg und schaut ihm dabei zu, wie er Zug um Zug den See durchpflügt. Selma ist derweil dabei, den sehenswerten Platz mit allen seinen Facetten zu fotografieren. Obwohl sie die einzigen Gäste auf dem Platz sind, ist ständig Bewegung um ihren Bus herum. Als Benno wieder zurück zum Bootssteg schwimmt und kurz nach oben guckt, erschrickt er, da eine Dame in einer Burka gerade Fotos mit ihrer Kamera macht. Gegen Mittag versammelt sich eine Familie in der Mitte des Platzes, um gen Mekka zu beten. Es ist ein ungewöhnlicher Anblick für Selma und Benno, aber etwas ganz Normales in Bosnien-Herzegowina. Eigentlich waren beide davon ausgegangen, hier die Einzigen zu sein, doch offensichtlich ist dies eine Art Wallfahrtsort für Muslime. Nach und nach kommen immer mehr muslimische Pärchen und Familien an den See, um ihn zu fotografieren. Interessiert schauen Benno und Selma dem Treiben zu.

Am Nachmittag wird der VW-Bus von einer kleinen Herde Ziegen besucht. Der Besitzer, ein freundlicher Mann, der in einem Ranger-Outlook unterwegs ist, hat seinen Lieblingen einen kleinen Freigang erlaubt. Selma muss aber aufpassen, dass sich die Herde nicht über die Lebensmittelvorräte hermacht, die etwas unvorsichtig vor dem Bus lagern. Gegen Nachmittag steigt auch sie noch einmal in die Fluten und Benno geht währenddessen zum Krämer, um ein paar Sachen für das Abendessen zu kaufen.

Als er wiederkommt, fängt er an, Kartoffeln zu schälen und das Gemüse zu putzen. Er kocht die Kartoffeln und verpackt das Gemüse mit dem Schafskäse in Alufolie. Zusammen mit den Fleischspießen legt er alles auf den Gasgrill. Dann zaubert er mit einer Papierdecke eine kleine Festtafel auf den kleinen Campingtisch. Dazu entkorkt er eine Flasche Rotwein und füllt das Innere in die kleinen schmucklosen Plastikbecher.

„Das gibt aber einen Punkt Abzug bei der Romantik", scherzt Selma, die ein wenig beindruckt scheint.

„Wenn sie Bleikristallgläser in dem Laden gehabt hätten, dann hätte ich natürlich die mitgebracht", lautet Bennos Antwort.

„Wann beginnt denn das perfekte Dinner? Gib mir bitte noch ein wenig Zeit, damit ich mich noch in das kleine Schwarze hineinzwängen kann."

„Mylady kann sich schon einmal platzieren und ihren süßen Schnabel halten. Das Odeuvre wird in wenigen Augenblicken serviert", antwortet Benno und stellt sich und Selma eine kleine Flasche Sliwowitz hin.

„Aha, das ist also die Vorspeise."

„Ich hatte mir ein Drei-Gänge-Menu vorgenommen, aber auch die Hummersuppe war in dem kleinen Feinkostladen vergriffen. Zivjeli, meine Liebe!", prostet Benno Selma zu.

„Zivjeli, Maître!"

Sofort geht Benno in den Hauptgang über, denn die Fleischspieße drohen anzubraten. Nachdem noch kurz das Wasser der Kartoffeln den Deckel zu einem Höhenflug genötigt hat, wird der Hauptgang serviert: Fleischspieße mit Kartoffeln und Alugemüse an Schafskäse. Dazu wird ein kräftiger 2014er *Blatina* gereicht, den beide vollmundig aus ihren Plastikbechern genießen.

„Und? Schmeckt es der Dame?"

„Köstlich! Die Kartoffeln sind ein wenig al dente. Das Gemüse dafür schön durch und das Fleisch hat eine schöne schwarze Legierung und ist schön kross. Da merkt man die jahrelange Erfahrung in der Küche."

„Ich werde das Gefühl nicht los, dass meine Koch- und Grillkünste hier nicht so ganz gewürdigt werden. Aber du musst zugeben, dass der Wein und der Sliwo verdammt gut sind."

„Auf jeden Fall. Nur leider lenken sie etwas von dem grandiosen Mahl ab. Und was gibt es zum Nachtisch?"

„Der wird auf dem See serviert. Pack die Flasche Rotwein und die kleinen Sliwowitz-Flaschen ein."

„Und dann? Und was ist mit dem Hund?"

„Der kommt mit. Keine Angst. Vertrau' mir! Ich weiß, was ich tue."

Leicht angetrunken machen sich die Drei auf den Weg zu einem am Ufer abgestellten Ruderboot und steigen ein. Während Benno gleich den Platz an den Rudern einnimmt, setzt sich Selma gegenüber von ihm. Alwin thront in der Mitte des Bootes zwischen ihnen. Benno steigt in die Riemen und steuert auf den inzwischen dunklen See. Nur der Vollmond wirft sein Licht auf die pechschwarze Oberfläche. Um das Ruderboot herum ist es mucksmäuschenstill. Hin und wieder hört man das Eintauchen von ein paar übermütigen Fischen und in weiter Entfernung das Öffnen einer Bierbüchse von einem Nachtangler. Dies erinnert Benno daran, noch einmal etwas Rotwein nachzuschenken.

„Danke, danke Benno! Nicht so viel. Der steigt mir schon ganz schön zu Kopf. Ich möchte ja nicht unromantisch sein, aber ist dein Urlaub nicht eigentlich schon übermorgen vorbei?"

„Ja, danke, dass du mich daran erinnern musst. Aber ich will noch gar nicht wieder nach Hause. Ich bin hier mit so einer tollen Frau und so einem lieben Hund unterwegs. Da kann ich doch jetzt nicht einfach mal eben nach Hause fahren. Zur Not muss ich mir was einfallen lassen, wie ich noch ein paar Tage mehr Urlaub herausschlagen kann."

„Danke für das Kompliment. Aber nachher verlierst du noch deinen Job, wenn herauskommt, dass du schwänzt."

„Ach, das kann ich in Kauf nehmen. Ich wäre froh, wenn ich nicht mehr jeden Tag diesen Einzeller, also meinen Chef, ertragen müsste. Am liebsten würde ich die nächste Zeit nur mit dir durch die Gegend fahren. Weiter nach Montenegro. Durch Albanien bis nach Griechenland. Dann mit der Fähre nach Kreta. Dort könnten wir überwintern. Hach."

„Ja, das wäre toll. Nur leider reicht die Kohle nicht mal bis Montenegro bei mir. Und bei dir bestimmt auch nicht."

Die Träumereien werden durch ein Geheul unterbrochen, was beiden durch Mark und Bein geht.

„Was war das denn? War das ein Wolf?", ruft Selma ein wenig verängstigt.

„Das war bestimmt nur einer von den Hunden, die hier überall streunen."

„Meinst du wirklich? Hier gibt es doch bestimmt auch Wölfe, oder nicht?"

„Das glaube ich nicht. Und hier auf dem See bist du auf jeden Fall sicher. Seewölfe werden das wohl nicht sein."

„Trotzdem finde ich es ein wenig unheimlich. Und kalt ist mir auch."

Benno rudert so schnell wie er kann zurück zum Ufer. Er merkt, dass die schöne Stimmung zu kippen droht und versucht mit einer Runde Sliwowitz entgegenzusteuern.

„Den kann ich auf den Schrecken jetzt wirklich gut gebrauchen. Tut mir leid, wenn ich so überreagiert habe da draußen."

„Macht nichts. Dann setzen wir jetzt die Abendanimation hier an Land fort. Einen Augenblick, bitte."

Benno macht die Fahrertür vom Bus auf und legt eine CD in den Player ein. Wenig später ertönen die ersten Klänge von Frank Sinatras *Strangers in the Night*.

„Darf ich bitten?", fragt Benno und gibt Selma zu verstehen, dass sie sich bei ihm einhaken soll.

„Sehr gerne. Aber wir wollen doch nicht hier auf dem Rasen tanzen, oder?"

„Gewiss nicht."

Benno führt Selma auf das Parkett, auf den Bootssteg. Im Vordergrund röhrt die sonore Stimme Sinatras aus dem VW-Bus, auf dem Bootssteg tanzen engumschlungen zwei frischverliebte Turteltauben und im Hintergrund schimmert der Vollmond wie eine Discokugel.

„Ich glaube, heute ist es endlich soweit. Keine Bora, kein Herzinfarkt und kein eifersüchtiger Herbergsvater werden uns heute stoppen", haucht Selma Benno ins Ohr.

„Und wenn uns heute der Himmel auf den Kopf fallen sollte, wäre es mir auch scheißegal."

„Also kommt der kleine Hosenscheißer mit mir in die Konservenbüchse?"

„Ich wollte erst noch meinen Kumpel in Sarajevo um Erlaubnis fragen. Du hast doch noch seine Telefonnummer?"

„Ach, lass uns lieber an etwas Schöneres denken. Küss mich!"

Benno tut, wie ihm befohlen und presst seine Lippen auf Selmas. Mit seinen Händen ertastet er langsam Selmas Hüften, schiebt ein wenig ihren Pulli nach oben und streichelt ihren Körper. Selma revanchiert sich, indem sie Bennos Hintern leicht massiert. So stehen sie dort fünf Minuten und verharren in einem Stellungskrieg.

Dann steuern Benno und Selma küssend und engverschlungen auf die Bustür zu und verschwinden im Inneren. Alwin darf heute Nacht draußen bleiben und mit den anderen Hunden den Vollmond anheulen.

18.

„Ich kann da echt nichts machen, Frau Gorski. Ich versuche, den Wagen so schnell wie möglich in die Werkstatt zu bringen. Aber finden Sie hier mal eine in Bosnien, äh Kroatien. Geschweige denn eine fachkundige. Ich melde mich sofort, wenn ich was Neues weiß. Aber es sieht nicht danach aus, als ob ich am Montag pünktlich um acht im Büro sein werde. Und grüßen Sie Herrn Ständer von mir ganz herzlich!"

Benno beendet das Telefonat und stößt einen tiefen Seufzer der Erleichterung aus.

„Guten Morgen, mein Schatz! Was war das denn gerade? Ich wusste gar nicht, dass unser Liebesnest in die Werkstatt muss." Selma ist soeben aus dem VW-Bus gestiegen und gesellt sich zu Benno, der auf einen der Stühle vor dem Bus Platz genommen hat.

„Absolute Notlüge. Heute ist Freitag und ich würde es sowieso nicht bis Montag nach Hamburg schaffen. Da können wir lieber noch ein paar Tage am Meer dranhängen, oder nicht?"

„Ja schade, dass du schon wieder zurück nach Hause musst. Jetzt fängt doch eigentlich erst die Reise an. Guten Morgen erst einmal, mein Tiger!" Selma beugt sich zu Benno und gibt ihm einen langen innigen Kuss auf den Mund.

„Hach", Benno fängt erneut an zu seufzen. Doch diesmal ist es die pure Glückseligkeit.

„Ja, und deswegen möchte ich ja gerne diese Reise ein wenig verlängern. Ein paar Tage noch an die Küste. Danach können wir gerne wieder nach Deutschland. Ab in den nasskalten Herbst mit seinen herrlich grauen Tagen. Arbeiten von früh bis spät. Fußball, Skat ... Ach, lassen wir das."

„Genau. Ich glaube, ich sollte dich ein wenig ablenken."

Selma setzt sich breitbeinig auf Bennos Schoß, so dass sie tief in die Augen sehen können. Es folgt eine hemmungslose Knutscherei, die erst von einem leichten Knurren Alwins unterbrochen wird.

„Ich glaube, Alwin muss mal kacken", entfährt es Benno.

„Du kannst so wahnsinnig romantisch sein. Aber es stimmt, wir haben ihn ein wenig vernachlässigt in letzter Zeit."

„Dann hole ich mal was zu Futtern und nehme den kleinen Racker mit, damit er sich ein wenig entleeren kann."

„Ja, und auf deiner Reise kannst du dir ja schon einmal ein paar Sachen überlegen, wie du deinen Wortschatz weichspülen kannst."

„Wie bitte?"

„Nun hau schon ab. Ich mache hier ein bisschen klar Schiff und decke den Tisch."

„Ja, aber mindestens so schön, wie ich es gestern gemacht habe."

Benno verschwindet mit Alwin in das Dorf zum Gemischtwarenladen.

„Mann, ich muss mal wirklich lernen, mich anständig auszudrücken. Ich bin hier ja nicht in der Skatrunde mit Spargel und Waldi", murmelt Benno vor sich hin. In ihm fängt es an zu brodeln. Was ist bloß passiert? Auf der einen Seite stolziert er wie ein aufgebrezelter stolzer Pfau durch den Ort, auf der anderen Seite schleicht sich schon jetzt die große Unsicherheit ein. Die letzte Nacht war die schönste in seinem ganzen Leben. Über Nacht ist er durch Selma unfassbar reich geworden. So eine aufregende Frau hat außer ihm kein anderer auf der ganzen Welt. Und jetzt hat er auf einmal eine Menge zu verlieren. Immer diese Unsicherheit. Und was ist nun nach dem Urlaub? Bamberg und Hamburg liegen in der momentanen Gefühlslage unendlich weit auseinander. Wie soll das funktionieren? Jetzt, wo die Gefühle so schön und so stark sind, kann er doch nicht einfach wieder zur Tagesordnung übergehen und so tun, als hätte dies alles überhaupt nicht stattgefunden.

Benno will nicht weiter nachdenken. In so einer Situation der Ungewissheit hätte er früher zum Dosenbier gegriffen. Doch dies ist angesichts der neuen Umstände und der frühen Morgenstunde keine ernstzunehmende Alternative. Spätestens nach dem Eintreffen am Bus sind alle Zweifel wieder verflogen. Selma sieht in der Morgensonne überragend aus und der bosnische Kaffee duftet verführerisch.

Am frühen Vormittag verlassen sie ihre Lustwiese und machen sich auf den Weg an die kroatische Küste. Eigentlich wären sie noch gerne ein wenig länger geblieben, da hier ihre Liebesgeschichte begann. Doch heute ist davon auszugehen, dass erneut etliche Besucher den Bus am See zwecks Fotosafari und Gebete nach Mekka aufsuchen werden.

Sie nehmen denselben Weg wieder zurück, bis sie die vielbefahrene Straße nach Mostar erreichen. Am Straßenrand erblicken sie immer wieder auf großen Spießen aufgesteckte Spanferkel, die vor den Restaurants vor sich hin brutzeln. Es ist zwar noch ein wenig Zeit bis zum Mittagessen, aber Benno läuft bei diesem Anblick das Wasser im Mund zusammen. Am liebsten würde er anhalten und einen großen Teller davon vertilgen, aber dies würde bei Selma sehr wahrscheinlich nicht besonders gut ankommen.

So geht die Reise immer weiter, bis sie an die Abzweigung zur Innenstadt von Mostar kommen.

„Das müssen wir uns unbedingt anschauen!", ruft auf einmal Benno.

„Was denn?"

„Na, die alte Brücke von Mostar. Kennst du die nicht? Die haben sie während des Bosnienkriegs gesprengt. Eine sehr schöne Steinbrücke, die in einem hohen Bogen über die Neretva gespannt ist."

Selma willigt ein wenig skeptisch ein und Benno fährt kurze Zeit später durch die betriebsamen Straßen von Mostar. Er folgt immer der Beschilderung *Stari Grad*, was auf den Weg zur Altstadt schließen lässt. Die Straßen werden erst schmaler, bis er in einem Labyrinth von Einbahnstraßen gefangen ist. Aus der Entfernung winkt schon ein Mann mit Parkkarten und weist ihn in eine unscheinbare Parklücke vor einem Restaurant ein. Da Benno natürlich überhaupt nicht weiß, wo genau er sich befindet und er noch viel weniger Lust hat aus dem Labyrinth wieder herauszukommen, nimmt er die zehn Euro Parkgebühren zähneknirschend in Kauf.

Gerade, als er sich noch darüber ärgern möchte, schlägt seine kleine Verstimmung in große Begeisterung um. Denn schon nach ungefähr 50 Metern biegen sie in die kleine Gasse ein, die direkt zur *Stari Most* führt, der alten Brücke über der Neretva, die den christlichen vom muslimischen Teil trennt. Dies hat leider zur Folge, dass sie sich mit Alwin an der Leine durch immer mehr Touristen den Weg bahnen müssen. Menschen aus aller Herrgott Länder schieben sich über die steilen Stufen der Brücke oder warten darauf, dass sich besonders mutige junge Männer gegen ein kleines Entgelt kopfüber von der Brücke in den Fluss stürzen.

Benno und Selma sind froh, als sie auf der anderen Seite ein wenig abseits der Touristenströme innehalten können. Die unbestreitbare Schönheit der Stadt hat viele Busladungen angezogen und so ist manchmal nur sehr schwer zu erkennen, wie filigran einige Dinge geschaffen worden sind, etwa der Straßenbelag aus vielen kleinen inzwischen glatten Steinchen. Und auch die Geschäfte und Restaurants sind sehr schön hergerichtet.

Doch es ist, vor allen Dingen für Alwin, sicher kein Vergnügen in der Mittagshitze durch die hoffnungslos überfüllte Altstadt zu schlendern. Sie beschließen, denselben Weg wieder zurück zu gehen und wühlen sich noch einmal durch Amerikaner, Franzosen und Italiener, bis sie nach einer kurzen Suche den VW-Bus wiedergefunden haben. Da nun alle Parkplätze vergeben wurden, können sie durch die vorherige Einbahnstraße endlich wieder aus dem Labyrinth schlüpfen.

„Nun reicht es aber auch mit Kultur. Lass uns auf den schnellsten Weg zum Meer!", schlägt Selma vor.

„Für eine Landadlige bist du aber ganz schön uninteressiert."

„Ein anderes Mal. Lass uns lieber die restliche Zeit sinnvoll nutzen. Mit Nacktbaden im Meer zum Beispiel."

Nach dieser Bemerkung tritt Benno demonstrativ kräftig aufs Gaspedal. Es geht weiter entlang der Neretva, die die ganze Strecke rechts von ihnen fließt und von großen mächtigen Felswänden begleitet wird. Es ist kaum Verkehr auf der Straße und Benno gleitet über den Asphalt. Er könnte stundenlang so weiterfahren. Vielleicht die ein oder andere Pause einstreuen, weil hier alles so interessant und abenteuerlich aussieht. Aber es bleibt wenig Zeit. Benno will immer noch nicht darüber nachdenken und konzentriert sich wieder auf die Landschaft.

Um schneller an die Küste zu kommen, entschließen sie sich, die neu ausgebaute Autobahn zu nehmen. Kurz vor der Auffahrt steuern sie einen Straßenstand an, das Obst, Gemüse und andere regionale Produkte anbietet.

„Wieso hältst du denn hier an?", fragt Selma.

„Wir müssen doch noch das restliche bosnische Geld loswerden. Und was zum Beißen brauchen wir doch auch noch."

Die Beiden steigen aus und nähern sich dem Stand. Natürlich hat auch diese Verkäuferin Verwandtschaft in Deutschland und spricht Benno und Selma in gebrochenem Deutsch an. Nachdem die Pflichteinkäufe wie Obst und Gemüse getätigt wurden, bleibt noch ein wenig Geld über für Extras. Da wäre zum einen eine schöne Flasche Selbstgebrannter. Da Benno nicht die Katze im Sack kaufen möchte, bekommt er von der Dame erst einmal einen eingeschenkt. Selbstverständlich möchte er noch von den anderen vier Geschmackssorten probieren und ist nach der ungeplanten Degustation merklich auf der Überholspur. Schließlich schreitet Selma in das aus dem Ruder laufende Verkaufsgespräch ein und entscheidet kurzerhand, den ersten Schnaps mit der Geschmacksnote Mandarine zu kaufen. Danach machen sie sich schnell vom Acker, damit Benno nicht noch mehr in Versuchung gerät. Um nicht noch mehr Zeit zu verlieren und keine unangenehmen Fragen an der Grenze gestellt zu bekommen, klettert Selma schließlich hinter das Lenkrad. Da an der Grenze zum Glück nur die Pässe kontrolliert werden, schaffen sie es dann doch noch am frühen Abend an der Küste zu sein, um engumschlungen dem Sonnenuntergang entgegenzublicken.

19.

„Ja, Frau Gorski! Sie haben den Wagen endlich hinbekommen … Ja, ich weiß, es ist schon Dienstag und ich hätte schon gestern in Hamburg sein müssen. Das tut mir ja auch sehr leid, aber da ist wirklich nichts zu machen gewesen. Wir, ähh, ich fahre dann auch gleich los und bin dann hoffentlich am Donnerstag im Büro … Selbstverständlich nehme ich für die Tage Urlaub … Ja, dann bis Donnerstag und schöne Grüße an Herrn Ständer!"

Benno lässt sich wie ein alter Kartoffelsack in den Campingstuhl fallen und atmet tief durch. Wenn es nach ihm ginge, dann würde er mit Selma noch zehn bis zwanzig Wochen Urlaub dranhängen. Doch der lässt sich nun einmal nicht verlängern. Das Büro hat er schon lange genug hingehalten und das liebe Geld neigt sich auch dem Ende zu. Heute müssen sie auf jeden Fall aufbrechen, wenn sie nicht wie abgebrannte Landstreicher enden wollen.

Dafür haben Benno und Selma drei schöne Tage an der kroatischen Küste auf einem Campingplatz verbracht. Wenn sie nicht gerade wie wilde Tiere übereinander herfielen, waren sie im Meer baden oder abends schick Essen. Sie kratzten das letzte Geld zusammen, um ihre letzte gemeinsame Zeit so schön wie möglich zu gestalten.

Nun stehen sie vor dem gepackten Bus und schauen noch einmal sehnsüchtig auf das glitzernde Meer. Keiner von beiden weiß, wie es jetzt weitergehen wird. Klar ist nur, dass sie wieder zurück müssen. Um die Zukunft hatten sich die Beiden in den drei wilden Tagen keine einzige Sekunde gekümmert.

Benno klettert auf den Fahrersitz und dreht den Zündschlüssel um. Für einen Moment betet er, dass der Wagen tatsächlich nicht anspringt. Doch auf die alte Rostlaube ist Verlass und wenig später biegen sie auf die Küstenstraße. Das letzte Mal bewundern sie das Meer, ehe es auf den Autobahnzubringer geht und das Wasser hinter den Betonburgen von Split verschwindet. Die nächsten Stunden auf der Autobahn verlaufen weitgehend wortlos. Benno versucht Strecke zu machen und Selma schaut abwesend aus dem Beifahrerfenster. Jeder ist mit sich selbst beschäftigt.

Benno merkt wie ihn allmählich der Alltagstrott wieder in seinen Besitz zieht. Er quält den alten Bus, indem er, so oft es geht, alles aus ihm herausholt. Pausen möchte er am liebsten gar nicht einlegen und zu Selma ist er seltsam abweisend. Ihm schießen immer wieder Gedanken an zu Hause durch den Kopf. Wie wird sein Chef auf den verlängerten Urlaub reagieren? Schmeißt er ihn sogar raus? Wie wird es mit Selma weitergehen? Er kann ja nicht mal eben jedes Wochenende nach Bamberg fahren. Selma wird sicherlich auch nicht finanziell in der Lage sein, ihn stattdessen zu besuchen. Die Probleme, die noch vor Stunden weit weg waren, türmen sich meterhoch auf und belasten ihn neben der anstrengenden Gurkerei noch zusätzlich. Benno bekommt immer schlechtere Laune.

„Halt doch mal bei der nächsten Raststätte! Ich muss mal."

„Schon wieder? Du warst doch eben erst strullen! Wenn wir an jeder Raststätte anhalten, dann kommen wir doch nie an."

„Was ist denn mit dir los? Du musst mich ja nur bis Bamberg mitnehmen. Danach kannst du von mir aus in einem Rutsch total übermüdet nach Hamburg fahren, wenn du es denn schaffen solltest und nicht im Straßengraben endest. Und nun fahr rechts ran! Meine Fresse."

Benno tut, wie ihm befohlen. Selma steigt aus und verschwindet in der Raststätte. Er bleibt im Bus und verharrt hinter dem Steuer. Ungeduldig trommelt er mit seinen Fingern auf dem Lenkrad. Nach fünf Minuten kommt Selma wieder.

„Hast du den Hund mal ein bisschen ausgeführt oder hängt der immer noch da hinten rum?"

„O, nein. Das jetzt auch noch? So kommen wir ja nie vom Fleck!"

Wutentbrannt steigt Benno aus, reißt die Schiebetür des Busses auf und zerrt Alwin heraus.

„Was kann denn der arme Hund dafür? Komm, gib ihn lieber mir, bevor du ihn noch erwürgst."

Selma entfernt sich mit Alwin vom Bus und dreht eine kleine Runde, damit der Hund sein Bein heben kann.

„So und jetzt können wir weiter", sagt Selma mit einem betont patzigen Unterton.

Die Stimmung ist auf dem Tiefpunkt. Ungefähr in der derselben Gegend hatte Selma auf dem Hinweg fluchtartig den Bus verlassen. Wahrscheinlich würde sie es wieder tun, wenn sie nicht die Erfahrungen mit dem Autofahrer gemacht hätte, der ihr an die Wäsche wollte. Die eisige Fahrt geht daher in ihre Fortsetzung. Benno gibt weiterhin Gas und Selma schaut fast die ganze Zeit aus dem Fenster.

Inzwischen ist es schon Nachmittag geworden und so langsam meldet sich der Magen zu Wort. Diesmal ist es Benno, der aus eigener Initiative für eine Pause ist.

„O, was ist denn nun los? Der Herr möchte eine Pause einlegen? Wieviel Zeit habe ich denn, um aufs Klo zu gehen oder der kleine Racker noch ein Geschäft machen kann?", fragt Selma mit einem deutlichen ironischen Unterton.

„Irgendwann müssen wir ja mal was essen. Du hast doch bestimmt auch Hunger, oder nicht?"

„Geht so. Eigentlich ist mir schon seit längerer Zeit der Appetit vergangen."

Benno versteht natürlich diese Anspielung, aber er hat momentan einfach keine Lust, geschweige denn Zeit sich auf längere Diskussionen einzulassen. Er versucht Selma damit zu besänftigen, indem er sie zum verspäteten Mittagessen einlädt. Hastig schlingt er sein Mahl binnen drei Minuten hinunter und mustert danach mit einiger Ungeduld die wiederkäuende Selma, die offensichtlich alle Zeit der Welt hat.

„Ich kann denn ja schon mal mit Alwin eine Runde drehen. Wir sehen uns dann am Bus", verabschiedet sich Benno.

Ehe Selma erwidern kann, hat Benno schon seinen Stuhl auf der Terrasse verlassen und ist mit Benno in Richtung der großen Rasenfläche verschwunden. Wieder kreisen bei Benno die Gedanken. Er ist innerlich aufgewühlt. All die schönen Augenblicke der jüngeren Vergangenheit sind wie ausgelöscht. Auf einmal zählt nur noch die Zukunft, von der er nicht weiß, wie er sie bewältigen soll. Ihm graut vor der Eintönigkeit der Arbeit, dem miesen Schmuddelwetter an der Elbe und dem bevorstehenden dauernden Getrenntsein von Selma, die er gerade behandelt wie den letzten Mist.

Der Magen ist voll, der Kopf ebenso und Benno setzt seine unrühmliche Reise fort. Anstatt die letzten Stunden bis zur Trennung von Selma so schön wie möglich zu gestalten, macht Benno auf Durchzug und spult sein Pensum auf der Autobahn herunter. Erst durch Slowenien, dann im Schweinsgalopp durch Österreich, bis sie am späten Abend völlig fertig kurz hinter Regensburg einen Autohof neben der Autobahn aufsuchen. Benno hat es vorgezogen, weiterhin die Klappe zu halten, um sich nicht noch mehr Selmas Unmut auf sich zu ziehen.

„So, ich kann nicht mehr. Ich hätte uns gerne noch zu dir nach Hause nach Bamberg gebracht, aber ich bin platt. Lass uns schlafen gehen", schlägt Benno vor.

„Na dann", lautet Selmas knappe Antwort.

Beide gesellen sich zu Alwin auf die Matratze in dem hinteren Teil des Busses. Es dauert nur eine Minute und Benno ist im Tal der Träume angekommen. Zwischen ihr und Benno hat es sich Alwin bequem gemacht, der leise vor sich hin schnarcht.

Gegen neun Uhr am nächsten Tag erwacht Benno aus seinem komatösen Schlaf. Der Platz neben ihm ist unbesetzt. Benno entschließt sich, erst einmal die Toilette aufzusuchen, um danach nach Selma und Alwin zu schauen. Sicherlich sind sie schon frühstücken gegangen. Und so wie er Selma gestern behandelt hat, wird sie ihm nicht noch einmal Frühstück ans Bett bringen. Als er von der Toilette zurückkommt, geht er an den Blumensträußen vorbei, die an der Tankstelle zum Verkauf angeboten werden. Es sind zwar keine sonderlich schönen Gebinde, aber Benno findet, dass allein schon die Geste zählt. Er ist gewillt, heute alles wieder einzurenken. Ihm bleiben nur noch wenige Stunden und die sollen noch einmal was ganz Besonderes werden. Er könnte sich ohrfeigen für den Mist, den er gestern verzapft hat und würde am liebsten auf Knien Selma um Vergebung bitten. Doch er findet sie nicht. Sie und Alwin sind weit und breit nicht zu sehen. Weder in der Raststätte noch sonst wo. Er sucht sogar das Gelände außerhalb ab, da sie eventuell eine größere Runde mit

Alwin gehen könnte. Doch Selma bleibt verschwunden. Voller Panik greift er zum Mobiltelefon und wählt Selmas Nummer. Doch das Telefon ist ausgeschaltet. Benno wird erst jetzt klar, dass dies die einzige Möglichkeit ist, mit Selma Kontakt aufzunehmen. Dummerweise hatte er Selma noch nicht nach ihrer Adresse in Bamberg gefragt. Dafür war gestern einfach zu mies drauf gewesen. Als er noch einmal auf sein Telefon blickt, bemerkt er, dass er eine SMS von Selma erhalten hat. Wie ein Junkie mit zittrigen Händen öffnet Benno die Nachricht, die niederschmetternd ist: „SCHER DICH ZUM TEUFEL, DU PENNER. ICH WILL DICH NIE WIEDER SEHEN." Benno lässt sich auf einer Bank aus grauen Beton nieder. Auf einmal ist ihm schlecht und er würde am liebsten heulen. Offenbar ist er wieder allein. Ganz allein.

20.

O, Mann, Scheiße. Die finde ich nie wieder. Ich hatte doch schon letztes Mal so ein Glück, dass wir uns rein zufällig wieder an der nächstbesten Raststätte wiedergesehen haben. Und selbst wenn sie das Telefon wieder einschaltet, die geht bestimmt nicht ran, wenn sie meine Nummer sieht, denkt Benno.

Benno schaut in seinem Straßenatlas nach, wie weit es nach Bamberg ist. Ihm ist klar, dass dies die einzige Möglichkeit ist, seinen Fauxpas wieder rückgängig zu machen. Er muss sie einfach finden und sich bei ihr entschuldigen. Ansonsten wird zu viel Zeit ins Land ziehen und alles wird im Sande verlaufen. Zurück bleibt nur eine kleine Sommerliason. Vielleicht kommt noch eines Tages ein Aufruf bei *Nur die Liebe zählt*, aber so abgetakelt soll das alles nicht enden.

Was bin ich für ein Idiot, ärgert sich Benno weiter. Da drücke ich die ganze Zeit auf die Tube. Bin mies gelaunt. Bin mies zu Selma. Kann es gar nicht abwarten in meinem grauen Alltag zu sein. Anstatt die letzte Zeit mit ihr zu verbringen. Jetzt kostet es Zeit, sie wiederzufinden. Verdammt!

Benno ist vollkommen durcheinander. Wie soll er jetzt vorgehen? Wo soll er anfangen zu suchen? Es ist noch aussichtsloser als die Nadel im Heuhaufen. In der Uni? In welcher Uni? Sind nicht jetzt vielleicht auch noch Semesterferien? Benno weiß gar nichts über Selma. Am Anfang war er zu schüchtern, sie nach ihrem Leben zu fragen und zum Schluss kosteten sie lieber das süße Leben aus anstatt sich mit der Realität zu beschäftigen.

Egal. Jetzt erst mal nach Bamberg und dann sieht Benno weiter. Nach zwei Stunden Autofahrt erreicht er die Innenstadt von Bamberg und parkt auf einem großen Parkplatz an der Regnitz. Während der Fahrt hat er versucht, sich an jedes Detail zu erinnern, was auf ihren gewöhnlichen Aufenthaltsort schließen lassen könnte. Wieder und wieder hat er versucht, sie auf dem Handy zu erreichen, doch dieser blöde Apparat ist nach wie vor ausgeschaltet.

Die Stadt ist voller Touristen. Benno irrt ziellos durch die vielen urigen Gässchen. Er weiß selber nicht, was er sich davon verspricht. Den ganzen Nachmittag streift er so durch die Straßen, in der Hoffnung, irgendwie Selma zu begegnen. Ab und zu fragt er willkürlich Passanten, ob sie eine Selma von Dünkirchen kennen. Oder, ob sie zufällig wissen, wo ihre Familie wohnt. Doch das Einzige, was er erntet, ist Kopfschütteln oder Achselzucken. Manchmal auch beides.

Dann fasst Benno einen genialen Plan. Er beschließt, das Schicksal erneut herauszufordern. Wie beim letzten Mal wird er sich einfach betrinken und darauf warten, dass Selma wieder auftaucht. Da keine Autobahnraststätte in der Gegend ist und dies auch keinen Sinn ergeben würde, wird er es in einer Studentenkneipe versuchen. Am Tresen ein paar Bier zischen und nebenbei ein paar Studenten ausquetschen. Vielleicht landet er ja einen Volltreffer. Und wenn alles nichts nützt, dann kann er sich wenigstens die Lampen ausschießen und sich selbst bemitleiden. Auf jeden Fall erscheint es ihm besser als ziellos durch die Stadt zu streunen. Vorher wird er noch die allerletzten Kröten zusammenkratzen, um nicht die Zeche prellen zu müssen. Wie er sich danach noch das Benzin nach Hause leisten kann, steht in den Sternen.

Entweder bleibe ich dann gleich hier, wenn sie mir verzeiht oder … Ja, was dann, grübelt Benno weiter. Ich werde es niemals bis Donnerstag schaffen, um wieder im Büro zu sein.

Aber ich muss auch einmal was riskieren im Leben, denkt Benno und führt das erste Glas Bier zum Schlund. Dann sollen sie mich doch rausschmeißen. Ohne Selma ergibt doch eh alles keinen Sinn.

Obwohl Benno flau im Magen ist, kann er sich nun am Tresen der Kneipe einigermaßen entspannen. Bisher sitzen nur ein paar jüngere Leute an den Tischen.

„Na super. Dann sind wohl doch Semesterferien. Prost, Mahlzeit", lallt Benno leise.

Nach dem dritten Bier fasst Benno seinen nun größer werdenden Mut zusammen und befragt die anwesenden Gäste, doch niemand kennt Selma. Dies veranlasst ihn auf Herrengedeck umzustellen. Er beschließt, sich durch diverse Sorten Obstbrände durchzutrinken, die sich vor ihm auf dem Regal schamlos anbieten. Ihm wird immer schummriger. Die Trinkgeschwindigkeit wird immer langsamer, seine Gänge zur Toilette immer schlangenlinienförmiger und der vollständige Verlust der Muttersprache ist nur noch eine Frage der Zeit. Er gibt ein Bild des Jammers ab. Nachdem er gegen Mitternacht der einzige Gast in der Kneipe ist, bittet ihn der Wirt zu gehen. Benno bezahlt und hat wie ein penibler Autofahrer an der Zapfsäule auf den Punkt genau das getankt, was er im Portemonnaie hatte. Er wankt zum VW-Bus und will gerade die Schiebetür aufmachen, als ihn eine extreme Übelkeit übermannt. Im hohen Bogen verabschieden sich Rauchbier und Obstbrand aus seinem Körper. Benno hält inne. Dies wäre jetzt eigentlich die Stelle, wo Selma auftauchen müsste. Er dreht sich langsam um, doch außer einer älteren Dame, die im Laternenschein ihren kleinen Rauhaardackel spazieren führt, ist niemand zu sehen. Benno würde jetzt am liebsten noch einmal kotzen, doch sein Magen ist, wie auch alle anderen Teile seines Körpers, unendlich leer.

Er reißt die Schiebetür auf und lässt sich in voller Montur auf die Matratze fallen. Benno ist total besoffen, völlig pleite und mental am Ende, aber wenigstens kann er wenig später einschlafen.

Das Knurren des Magens lässt ihn am nächsten Morgen aufwachen. Instinktiv tastet er neben sich die Matratze ab, doch weder eine zarte Haut noch ein weiches Fell ist zum Greifen nah. Ihm ist speiübel, was sowohl an dem gestern zu viel konsumierten Alkohol als auch an dem zu wenig konsumierten Essen liegt. Benno schaut in seiner kleinen Vorratskiste nach und entscheidet sich für die Ravioli in Hackfleischsoße zum Frühstück. Den leckeren Pichelsteiner Eintopf möchte er sich für das Mittag- oder Abendessen aufheben. Er versucht mit seinen zittrigen Händen die Flamme des Gaskochers zu entfachen und hat gleichzeitig Angst, dass er mit seiner Obstbrandfahne eine Explosion herbeiführen könnte. Aber auch der Gaskocher pfeift auf dem letzten Loch und so entscheidet sich Benno, die Ravioli kalt zu genießen.

Nach dem italienischen Frühstück riskiert Benno einen Blick in sein leeres Portemonnaie. Leider war auch dies kein böser Traum und ist neben dem Liebeskummer, den weiten Weg nach Hause und der allgemeinen nicht rosigen Zukunft eine weitere Baustelle.

Wie soll ich denn bloß ohne Kohle nach Hause kommen? Wenn ich es schon nicht bis Donnerstag schaffe, dann wenigstens am Freitag. Vielleicht ist noch was zu retten, hofft Benno.

Da das Unternehmen *Selma: Verzweifelt gesucht* krachend gescheitert ist und Sandra Eckhardt von der Sen-

118

dung *Vermisst* auch auf sich warten lässt, bleibt nur der geordnete Rückzug in die heimatlichen vier Wände.

Gegen Mittag, als der Alkohol sich so langsam aus dem Staub macht, kommt Benno die nächste geniale Idee. Er öffnet die Motorhaube und fängt an sämtliche Kabel und Leitungen zu beschädigen.

Wenn das Dr. Döner sehen würde, schießt es Benno durch den Kopf.

Kurz darauf wählt Benno die Nummer des ADAC-Pannendienstes. Die Dame am anderen Ende der Leitung vertröstet Benno auf den frühen Nachmittag, da alle *Gelben Engel* im Dauereinsatz sind. Da Benno nun sehr viel Zeit hat, versucht er wieder, Selma auf dem Handy anzurufen. Kurzzeitig setzt sein Herz aus, als ein Freizeichen ertönt. Sehnsüchtig wartet Benno darauf, dass sein Gespräch entgegengenommen wird. Doch er hört zwei Minuten lang nur ein Freizeichen. Da sein Akku langsam zur Neige geht und er noch auf den Rückruf des ADAC-Technikers wartet, beschließt er seinen Rückeroberungsfeldzug zu verschieben.

Dann endlich meldet der ADAC-Techniker sein Erscheinen an und trifft wenig später mit seinem gelben Auto auf dem Parkplatz ein.

Benno begrüßt ihn höflich und schildert ihm sein Dilemma.

„Wahrscheinlich ein Marder", stellt Benno seine These auf.

Der ADAC-Techniker schaut sich im Motorbereich des VW-Busses um. Mit seiner kleinen Lampe untersucht er seelenruhig und ohne ein Wort zu sagen den beschädigten Bereich. Benno schaut ihm dabei gespannt zu und wartet auf das Urteil des Fachmannes.

„Junger Mann. Sie müssen sehr verzweifelt sein. Wahrscheinlich haben sie nicht mal Geld für das Benzin nach Hamburg. Ich bin jetzt 40 Jahre im Dienst, aber so etwas Amateurhaftes wie das hier habe ich noch nie gesehen. Sie wollen mir also weismachen, dass das hier ein Marder gewesen ist? Sie haben wirklich überhaupt keine Ahnung von Autos und haben mit ihren herausgerissenen Kabeln die Karre nun richtig ruiniert. Aber wissen Sie was? Sie mit Ihrer Alkoholfahne tun mir so leid, dass ich in der Zentrale anrufe und einen Transporter bestelle, der sie nach Hamburg zurückbringt. Wenigstens sind sie nicht so verantwortungslos und setzten sich mit 2,0 Promille Restalkohol hinters Steuer. Wahrscheinlich sind Sie noch nicht einmal im ADAC."

„Ähh, ja also …"

„Seien Sie bloß ruhig. Ich gehe eh bald in Rente und von daher ist mir das alles egal. Aber bitte tun Sie mir einen Gefallen und behalten das für sich. Sonst komme ich Sie in Hamburg mal besuchen. Und dann bringe ich einen richtigen Marder mit."

Der ADAC-Mann füllt kopfschüttelnd den Bericht aus, nachdem er in der Zentrale einen Transporter geordert hatte. Doch wie sich herausstellt, ist der Rücktransport erst für den kommenden Tag möglich. Zeit also für Benno, eine Dose *Pichelsteiner-Eintopf* zu öffnen und sich mit seinem miserablen Leben auseinanderzusetzen.

21.

Nach einer ereignislosen und tristen Huckepack-Fahrt mit dem ADAC ist Benno am späten Freitagnachmittag wieder zurück in Hamburg. Benno hat den ganzen Tag noch nichts gegessen und sowieso keinen Appetit, als ihn der Mann vom ADAC vor seinem zu Hause absetzt. Zuvor fragte ihn Benno noch, zu welcher Werkstatt der VW-Bus gefahren werden soll, doch Benno war dafür, den Bus vor der Haustür zu behalten. Etwas ungläubig willigte der Fahrer ein und wunderte sich wohl auch nicht besonders, als er ohne Trinkgeld wieder Richtung Süden verschwand.

Benno sieht sich den VW-Bus noch ungefähr fünf Minuten regungslos an. Hier drin hatte er die bisher schönste Zeit seines Lebens verbracht und nun steht er genauso kaputt da wie sein Fahrer. Benno hat wenig Lust in seine Wohnung zurückzukehren. Er schließt die Tür zum Treppenhaus auf und entleert den übergequollenen Briefkasten, um den sich niemand während seiner Abwesenheit gekümmert hat. In der Wohnung angekommen, schmeißt er seine Tasche und all die Utensilien, die er einigermaßen tragen konnte, in die Ecke. Er möchte eigentlich nur einen flüchtigen Blick auf die Post werfen, doch ein Brief erfordert gleich seine ganze Aufmerksamkeit. Er ist vom Steuerbüro Ständer. Benno ahnt schon, was drinstehen könnte und wird kurzerhand bestätigt.

„Na, das ging ja schnell. Da hat er gleich Nägel mit Köpfen gemacht, der gute Herr Ständer. Nicht mal eine letzte Galgenfrist, sondern gleich die fristlose Kündigung. Na ja, ich habe ja auch schon zwei Abmahnungen. Diese kleine Ratte", murmelt Benno vor sich hin.

Aber Benno ist zu niedergeschlagen und zu kraftlos, um sich über diese Kündigung aufzuregen. Er öffnet die Tür des Kühlschranks und schlägt sie gleich wieder zu, da sämtliche Lebensmittel verschimmelt sind und vor sich hin stinken. Benno legt sich auf die Couch und starrt an die Decke. Wie schon auf der ganzen Fahrt nach Hause kreisen seine Gedanken um Selma. Dann schreckt er auf, weil ihm eingefallen ist, dass sein Akku vom Handy immer noch leer ist. Sofort stöpselt er das Aufladekabel in die Steckdose und wartet fünf Minuten, bis das Handy wieder funktionstüchtig ist. Doch er ist immer noch keine Nachricht von Selma. Ängstlich wählt er ihre Nummer. Ein-, zwei-, drei-, vier-, ja fünfmal versucht er es, doch nichts passiert. Die einzige Nachricht stammt von Spargel, der sich in seiner berüchtigten Art und Weise über das Fernbleiben von der Skatrunde aufregt.

Ja, und wie schön, dass sich meine Eltern auch so viel Sorgen machen. Die wissen doch auch, dass ich schon längst wieder zu Hause sein sollte, grummelt Benno vor sich hin.

Dann kramt er noch einmal den Stapel mit der Post durch, in der Hoffnung, dort auf eine Nachricht von Selma zu stoßen. Er muss denn aber einsehen, dass dies wieder einmal eine dumme Idee ist, da sie ganz bestimmt nicht seine Adresse hat, geschweige Lust und Zeit gehabt hätte, ihm zu schreiben.

Was bin ich bloß für ein geiler Typ. Ich habe einen schrottreifen VW-Bus, den ich nicht mal reparieren lassen kann, weil ich arbeitslos bin und keine Kohle mehr habe. Wenn ich Glück habe, dann überweist mir der Sklaventreiber pünktlich mein letztes Gehalt und ich kann wenigstens die Miete bezahlen. Dann muss ich mir gleich wieder den nächsten Scheißjob suchen, um einigermaßen über die Runden zu kommen. Ach, das Leben kann so herrlich sein, denkt Benno voller Zynismus.

Am nächsten Morgen wird er von seinem Mobiltelefon geweckt. Der Ton des Gerätes signalisiert den Erhalt einer Kurzmitteilung. Hastig stürmt er von der Couch, auf der er irgendwann eingeschlafen war. Benno greift zum Handy und ist in freudiger Erwartung. Doch zu seiner Enttäuschung lautet der Wortlaut der Nachricht wie folgt:

MOIN URLAUBER. HEUTE AUSSERPLAN-MÄSSIGER SKATABEND IN DER ALTONAER SPIELHÖLLE. EINTRITT DREI PACKUNGEN BOHNE UND GUTE LAUNE. NICHT SO WIE BEIM LETZTEN MAL. GUT BLATT. SPARGEL

Na super, das hat mir gerade noch gefehlt. Wahrscheinlich wollen mich die beiden aushorchen wie mein Urlaub gewesen ist. Am besten erzähle ich alles so wie es gewesen ist. Glauben sie mir sowieso nicht, denkt Benno missmutig.

Bis zum Skatabend verbringt er die überwiegende Zeit mit Fernsehen und der Überlegung, wie er in Zukunft an Geld kommen soll. Nach dem Wochenende müsste er sein letztes Gehalt von Ständer bekommen, aber danach sieht es finster aus. Der Bus müsste auch irgendwann von der Straße weg, bevor die Wachtmeister diese kleinen roten Zettel mit der Bitte um Beseitigung dran kleben. Vor ein paar Tagen wähnte Benno sich noch auf Wolke sieben, momentan befindet er sich mehr oder weniger in der Gosse.

Als Benno auf sein Fahrrad steigt, verspürt er tatsächlich ein wenig Vorfreude. Schließlich wird der Skatabend ab sofort sein einziger wöchentlicher Höhepunkt sein. Die Begrüßung von Spargel ist wie immer ein wenig schnippisch, während Waldi wie immer in der Sitzecke in der Küche vor seinem Stopfequipment vor sich hinvegetiert.

„Da ist ja unser verlorener Sohn. Wie war denn dein Urlaub? Muss ja doll gewesen sein, wenn du fast eine Woche überziehst", begrüßt ihn Spargel.

„Ja, also. Was soll ich erzählen?"

„Am besten, die Kurzversion. Wir wollen ja schließlich zeitig mit dem Dreschen anfangen. Und so viel wirst ja auch nicht erlebt haben", wirft Waldi ein.

„Na gut. Also, ich bin losgefahren. Irgendwo in Bayern habe ich ne brutal geile Anhalterin mitgenommen, die ich, nachdem wir kurz an der Adria waren und ne Rafting-Tour in Bosnien gemacht haben, kurz hinter Sarajevo an einem See vernascht habe. Die ist dann kurz hinter der Grenze wieder abgehauen und ich bin mit dem ADAC nach Hause. Ich sag mal 18."

„Ja genau", antwortet Spargel.

„Was heißt das jetzt? Hast du 18 oder wie?", fragt Benno.

„Ähh, nein also weg. Und schöne Geschichte, Benno. Da will ich nachher noch mehr hören. Aber ist ja gut, dass du wieder hier bist."

Was habe ich gesagt? Sie werden mir nicht glauben. Aber von mir aus, brauchen sie es auch nicht zu glauben. Mehr als Skat und Saufen ist mit diesen Vögeln einfach nicht drin. Gott sein Dank sieht Selma mich nicht jetzt zwischen diesen Rindviechern, denkt Benno.

Der Abend verläuft für seine Verhältnisse gar nicht mal so schlecht. Benno steckt Spargel und Waldi das erste Mal seit längerer Zeit so richtig in die Tasche. Er bringt seine Spiele meist souverän durch und schafft es dazu, Spargel das ein oder andere Spiel abzujagen.

„Ja, ja. Glück im Spiel, Pech in der Liebe. Oder, wie war das vorhin noch mit der Anhalterin, die du in Sarajevo durchgeorgelt hast?"

„Mann, das war an einem See! Und ich habe sie nicht durchgeorgelt. Das war …"

„Ja, was war das denn? Wieso denn überhaupt Bosnien? Du wolltest doch nach Kroatien? Ich glaube, du möchtest uns einen jugoslawischen Bären aufbinden. Das Foto, was du mir geschickt hast, war bestimmt aus dem Netz. Wahrscheinlich bist du gerade mal bis in die Harburger Berge gekommen und bloß in den Puff gefahren."

„In den Harburger Bergen gibt es 'n Puff?", fragt Waldi.

„Mann, das war doch nur so daher gesagt. Im übertragenen Sinn, wenn du weißt, was ich meine, Waldi."

„Ach, ihr könnt mich mal. Kontra, Herr Spargel."

„Re!"

„Bock"

„Na dann mal los, Herr Klotz. Du kommst!", frohlockt Spargel.

Benno wird gleich bewusst, dass dies eine blöde Idee gewesen ist, Spargel Kontra zu geben. Doch er war über Spargels Bemerkungen so erregt gewesen. Ihm blieb gar nichts anderes übrig, als ihn herauszufordern. Benno verliert haushoch und büßt seinen komfortablen Vorsprung ein.

„Tja, das war wohl nichts. Da hat wohl, wie im Urlaub, mal wieder die Herzdame gefehlt. Alles ein großer Bluff beim Benno. Immer auf dicke Hose machen, aber mehr als Reinpinkeln ist nicht drin."

Benno will sich gerade wieder aufregen, doch mit einem Mal hält er inne. Wortlos steht er auf, nimmt seine Jacke und verlässt die Altonaer Spielhölle. Obwohl er mehr als sein übliches Skatpensum getrunken hat, fühlt er sich sehr klar. Was aber auch bedeutet, dass er sehr niedergeschlagen und enttäuscht ist.

So, das war es jetzt. Dann bin ich lieber alleine als mit solchen Amöben weiterhin meine Zeit zu verbringen, denkt Benno sich. Er steigt auf sein Fahrrad und fährt durch die kalte, dunkle Herbstnacht in die Einsamkeit. Der Sommer hat sich nun endgültig verabschiedet. Vor ihm liegen mindestens sechs Monate der trüben Tage garniert mit einer gewissen Ungewissheit, ob und wie es überhaupt weitergehen soll. Am liebsten würde er jetzt in seinen Bus steigen, ins viel wärmere Bosnien fahren und dort durch die Gegend. Sich den Fahrtwind um die Nase wehen lassen, Sarajevo ein wenig mehr erkunden oder mit Nenad Sliwowitz trinken. Gerade als er an ihn denkt, bekommt Benno eine Nachricht auf sein Handy. Sofort hofft er wieder auf Selma, doch es ist Danuta, Nenads Tochter, die sich bei ihm meldet.

„HALLO BENNO. NENAD HAT ES LEIDER NICHT GESCHAFFT. ER IST HEUTE MORGEN IM KRANKENHAUS GESTORBEN. DANUTA."

Benno steigt vom Fahrrad und lässt sich auf einem Bordstein unmittelbar vor einer Tankstelle nieder. Regungslos verharrt er dort zwanzig Minuten, bis ihm irgendwann die Tränen hinunterkullern. Benno wischt sie sich mit dem Handrücken weg, stapft in die Tankstelle und kauft sich eine Flasche Sliwowitz. Dann setzt er sich wieder an seinen alten Platz und nimmt einen kräftigen Schluck aus der Pulle.

„Auf dich, Nenad. Ruhe in Frieden."

Benno erinnert sich wieder an die Raststätte in Kroatien. Als er Selma das zweite Mal begegnete. So ähnlich sitzt er nun auch wieder hier. Doch auch diesmal weiß er, dass sich dieses Schicksal nicht wiederholen wird.

22.

„Herr Klotz! Hören Sie mich? Hallo! Können Sie mich verstehen?"

Benno kann die Stimme nur allzu gut verstehen. Leider viel zu gut, denn ihm brummt dermaßen der Schädel. Er öffnet ganz langsam die Augen und mustert seine sterile Umgebung. Sein Zuhause scheidet schon einmal aufgrund der überwiegend weißen Wände und kargen Einrichtung aus.

O, nein, Scheiße. Das wird doch nicht etwa ..., fragt sich Benno.

„So, Herr Klotz. Nun haben sie aber genug geschlafen. Ich darf Sie dann mal bitten, mit nach vorne in die Amtsstube zu kommen. Wir müssen da noch ein paar Formalitäten klären. Widerstand gegen die Staatsgewalt. Eingriff in den öffentlichen Verkehr. Alkohol am Lenker. Und so weiter und so fort. Dann mal los!"

Wie ein begossener Pudel schleicht Benno hinter dem Polizisten hinterher. Detailliert schildert dieser Benno, was ihm zur Last gelegt wird. Dass er zum Beispiel in Schlangenlinien ohne Licht über die sechsspurige Hauptverkehrsstraße nach Hause radeln wollte. Und dass er die eintreffenden Schutzmänner wüst bepöbelte, als sie ihn zu einer Blutprobe nötigen wollten. Im ersten Augenblick ist es Benno peinlich, dann schlägt die Scham in absolute Gleich- und Gefühlslosigkeit um. Benno kommt sich immer verlorener vor. Er unterschreibt widerstandslos das Protokoll und macht sich zu Fuß auf nach Hause. Natürlich hätte er auch nach dem Fahrrad fragen können, aber es ist ihm alles scheißegal.

Nach einer Ewigkeit erreicht er schließlich seine Wohnung und lässt sich auf die Couch plumpsen. Sein Körper schmerzt von der harten Schlafgelegenheit der letzten Nacht. Ungefähr zwei Stunden lang starrt er an die Decke, bis er irgendwann für die nächsten Stunden einschläft. Es ist Montag und Benno vegetiert den restlichen Tag auf dem Sofa vor dem Fernseher. Seine Verpflegung besteht aus Leitungswasser und Bundeswehrkeksen, die er in den Untiefen seiner kleinen Küchenzeile finden konnte.

Am nächsten Morgen schlendert Benno ganz gemächlich zum Geldautomaten. Er steckt seine Karte in den Automaten, doch das letzte Gehalt ist immer noch nicht überwiesen worden. Benno fühlt sich wie abgestorben und holt mechanisch die Karte aus dem Schlitz. Eigentlich kann er sie auch dort drin lassen. Ist eh nichts mehr zu holen. Er verlässt die Bankfiliale und geht, anstatt nach Hause zurückzukehren, die Straße immer weiter.

Benno hat kein Ziel vor Augen. Er beobachtet beiläufig, wie die Leute einkaufen oder auf dem Weg zur Arbeit sind. Doch meistens senkt er den Blick auf den Boden, den grauen, harten Grund. So schlendert er Kilometer um Kilometer. Es hat angefangen zu regnen. Benno stört sich weder am Regen noch an seinem Hunger. Wie ein Rastloser schreitet er immer weiter, bis er auf einmal wieder vor dem Hochhaus steht, von dem er an einem Spätsommertag springen wollte. Sein Blick geht nach ganz oben.

Benno fackelt nicht lange und verschafft sich Zutritt zum Treppenhaus. Auch der Weg aufs Dach ist spielend einfach. Benno versendet noch eine letzte SMS an Selma.

„ES TUT MIR SO LEID. ICH WERDE DICH IMMER LIEBEN. LEB WOHL."

Dann steht er wieder da, wo ihm letztes Mal der Wadenkrampf und der Anruf von Spargel das Leben rettete. Ganz Hamburg hat sich in ein nasskaltes Grau gehüllt. Niemand kann ihn hier oben sehen. Keiner wird ihn daher von seinem Plan abhalten können.

Benno schließt die Augen und lässt alles noch einmal Revue passieren. Bestandsaufnahme machen. Wieder Pro und Contra abwägen. Er fängt mit Contra an. Keine Freunde, keine Arbeit, kein Geld, Ärger mit der Polizei, keine Ahnung, wie es weitergehen soll. Und das Allerschlimmste ist, dass Selma nicht mehr da ist. Allein das reicht schon um hinunterzuspringen.

Benno beschäftigt sich mit Pro. Er gibt sich Mühe und überlegt lange, aber es fällt ihm kein einziger positiver Aspekt ein. Alles ist einfach nur noch zum Verzweifeln und absolut sinnlos. Zeit zu gehen. Einen Abschiedsbrief schreiben? Für wen denn? Nein. Diesmal gibt es keinen Weg zurück. Noch einmal wird es nicht diese wundersame Wende geben. Diese glücklichen Fügungen. Der VW-Bus. Die Fahrt. Die Menschen. Selma!

Und selbst wenn. Er würde es wieder verbocken. Er hätte alles in vernünftige Bahnen lenken können. Job, Freunde und die Liebe. Gerade bei dieser so wichtigen Sache hat er komplett versagt.

„Wenn wenigstens diese Geschichte gut verlaufen wäre, wären die anderen Probleme ein Witz. Wer braucht so einen miesen Job, wenn er doch die tollste Frau der Welt an seiner Seite hat? Warum soll man sich die Abende mit Spargel und Waldi versauen, wenn man die Zeit mit seiner Liebsten verbringen kann, quält Benno sich weiter.

Alles wäre viel einfacher, wenn Selma da wäre. Aber sie ist es nicht und das macht die Lage unerträglich. Selma wäre das Sprungbrett in ein anderes besseres Leben gewesen. Raus aus Hamburg, weg von den persönlichen Niederlagen. Ab nach Bamberg in eine andere Zukunft. Ganz neu anfangen. Unbeschwert das Leben genießen. Neue Leute kennenlernen. Oder mit Selma durchbrennen. Sich mit dem VW-Bus bis nach Griechenland durchschlagen. Eine Bank ausrauben und über Kroatien, Montenegro und Albanien in den Süden, um dort zu überwintern. Die Reise hätte endlos weitergehen können.

Aber nichts davon wird wahr werden. Aus und vorbei. Dank dir Blödmann, Benno. Die Welt wird sich auch ohne dich weiterdrehen. Niemand wird sich an dich erinnern. Deine Wohnung wird aufgelöst und dein Bus landet auf dem Schrottplatz. Deine Eltern werden dich in der hintersten Ecke des Friedhofs verscharren und Wildwuchs wird über dein winziges Grab sein, bis das schlichte Holzkreuz mit deinem Namen nicht mehr zu sehen sein wird. Dann wirst du endgültig Geschichte sein. Nur Spargel und Waldi werden dumm aus der Wäsche gucken, weil ihnen der dritte Mann fehlt. Sollen sie sich einen anderen Dummen suchen. Mir soll es recht sein. Dafür lohnt es sich nicht auf dieser Welt zu bleiben.

Benno richtet noch einmal seinen Kopf auf und holt tief Luft und wispert: „Ich werde lieber nicht nach unten schauen. Leb' wohl, Welt! Ciao, Selma! Ich werde dich immer lieben."

Benno schießen die Tränen in die Augen. Sein ganzer Körper ist in Unruhe. Er fängt an der Hochhauskante an zu wanken. Er ist nur noch ein winziges Stück davon entfernt, zu springen.

Da klingelt sein Handy. Benno kann es einfach nicht überhören. Mit verschlossenen Augen ertastet er das Mobiltelefon und holt es aus seiner Hosentasche.

Nicht schon wieder, dieser verdammte Penner Spargel, denkt Benno.

Benno öffnet langsam die verheulten Augen und versucht den Anrufer auf dem Display zu identifizieren.

Es ist IHRE Nummer.

-ENDE-